Elfi Sinn

Das gibt es doch nicht!

Unmögliche und fantastische Geschichten

Bibliografische Information der Deutschen Nationalbibliothek:
Die Deutsche Nationalbibliothek verzeichnet diese Publikation in
der Deutschen Nationalbibliografie; detaillierte bibliografische Da-
ten sind im Internet unter http://dnb.dnb.de abrufbar.

© 2018 Elfi Sinn

Herstellung und Verlag:

BoD – Books on Demand Norderstedt

ISBN: 9 783 752 816 686

Inhaltsverzeichnis

Vorwort

Es gibt Menschen, die offen sind für Ungewöhnliches, die sich einlassen auf Neues, auch wenn sie nicht alles bis zum Letzten erklären können.

„Das Schönste, was wir erleben können, ist das Geheimnisvolle." Albert Einstein, der schon früher als wir alle, die Möglichkeiten energetischer Prozesse erkannte, hat mit diesem Ausspruch deutlich gemacht, dass er auch auf anderen Gebieten schneller voraus dachte.

Die meisten von uns, sind fasziniert von Menschen, die sensiblere Kanäle haben, mit denen sie wahrnehmen, was andere sich nicht vorstellen können, wie Entwicklungen vorhersagen, Hellsehen, Stimmen hören oder Wesen sehen.

Auch wenn manchmal gewisse Zweifel bleiben, sollte man aner-kennen, dass vieles möglich ist.

Schon Shakespeare ließ gegen 1602 seinen „Hamlet" sagen: „Es gibt mehr Ding` im Himmel und auf Erden, als Eure Schulweisheit sich träumt."

Und vieles ist auf diesem Gebiet noch zu erforschen und zu klären.

Manches, was als außersinnliche Wahrnehmung angepriesen wird, erweist sich tatsächlich auch als Scharlatanerie und Geschäftema-cherei und bestätigt die Menschen, die schon immer und ohne wei-ter zu überlegen, gesagt haben: Das gibt es doch nicht, das kann doch gar nicht sein!

Zwei einfache Kriterien helfen, herauszufinden, ob jemand einfach lügt, viel Fantasie hat oder tatsächlich so etwas wie den sechsten Sinn besitzt.

Wenn das geschilderte Erlebnis, bisher nicht bekannte und gültige Informationen über die Außenwelt liefert, spricht einiges dafür. Außerdem sollte die Information durch einen Kanal erhalten werden, der nichts mit normalem Sehen, Riechen, Hören oder Schmecken zu tun hat. Es sollte auch mehr sein, als einfache logische Schlussfolgerungen. Denn das können die meisten von uns.

Welche von meinen Geschichten diesen Kriterien entspricht, welche frei erfunden ist und welche tatsächlich passiert sein könnte, überlasse ich Ihrer Entscheidung.
Viel Spaß beim Lesen!
Elfi Sinn
April 2018

Hilda und der Himmelsbote

„Ja, so könnte es gehen." Hilda Schiller bewegte ihren lädierten Fuß in der umfangreichen Orthese. Gut, dass ihre dunkelblaue Hose noch weit geschnitten war, sie überdeckte so den unförmigen Verband fast gänzlich. Sechs Wochen hatte sie jetzt auf ihrem Matratzenlager verbracht, wie Heinrich Heine es genannt hätte.

Bisher war sie immer flott zu Fuß gewesen, aber der verflixte letzte Schnee im Februar, hatte sie zu Fall gebracht. So ein Bruch dauerte halt seine Zeit, dachte sie, aber nachdem sie jeden Tag im Zimmer geübt hatte, konnte sie sich jetzt wieder selbständig bewegen und bald wieder in ihre Wohnung zurückkehren.

„Mutter, was machst du da?" Hilda schaute überrascht hoch, ihre Tochter Hedda stand in der Tür. „Wonach sieht es denn aus? Ich habe lange genug gelegen. Ich will raus. Ich muss nach meiner Wohnung sehen."

Aber ihre Tochter versperrte die Tür. „Du kannst jetzt nicht raus. Du bist krank. Pflege ich dich denn nicht gut genug? Mache ich denn nicht alles, dass du dich bei uns wohlfühlst?"

„Ach Kindchen", beruhigte sie Hilda. „Natürlich bin ich gerne bei euch, ich bin euch auch dankbar dafür, dass ihr mir geholfen habt. Aber jetzt kann ich wieder etwas laufen und ich muss nach dem Rechten sehen."

Hedda rang nervös die Hände und versuchte sie wieder zum Sessel zu drängen.

„Du kannst nicht gehen! Mutter, ich muss dir etwas sagen. Wir haben die Wohnung schon aufgelöst. Konrad meinte, du brauchst sie doch sowieso…" - „Ihr habt was?"

Trotz des bandagierten Fußes war Hilda aufgesprungen, glaubte aber immer noch sich nur verhört zu haben.

„Reg dich doch nicht auf, du hast es doch gut bei uns."

Hilda schüttelte entsetzt den Kopf. „Ihr habt ohne mich zu fragen, meine Wohnung aufgelöst?"

Hedda rang schon wieder die Hände. „Aber du warst doch krank?"

„Aber nicht im Kopf! Nur mein Fuß ist lädiert, ich kann immer noch klar denken, auch wenn ich achtzig bin. Wo sind meine Sachen?"

Hedda bückte sich unter das Bett und zog einen Koffer vor. „Ich habe dir einige Erinnerungsstücke eingepackt, alles andere hat Konrad entsorgt."

„Er hat meine Chippendale-Möbel entsorgt?" Hildas Stimme wurde gefährlich leise. Auch Hedda flüsterte fast. „Die hat er wohl verkauft, es gab ja auch Unkosten für den Abtransport…"

Hilda war wieder in den Sessel gesunken und winkte ihrer Tochter nur mit der Hand zu. „Lass mich allein, ich muss nachdenken."

Hedda huschte leise, wie eine Maus, aus dem Zimmer.

„Und sowas habe ich nun großgezogen!" Hilda trat mit dem gesunden Fuß gegen den Koffer. Früher war sie nicht so, dachte sie, aber dieser Idiot von Schwiegersohn, hat vermutlich ganze Arbeit geleistet. Aber nicht mit ihr! Sie würde sich jetzt ein Taxi rufen, noch hatte sie Geld und erstmal in ihren alten Kiez fahren.

Sie kramte ihr Handy aus der Handtasche, die immer griffbereit war und bestellte ein Taxi in die Nebenstraße. Wie gut, dass ihr die junge Rechtsanwältin aus ihrem Haus alles so gut erklärt hatte. Danach schlich sie sich so leise, wie es mit der schweren Bandage möglich war, aus der Wohnung. Das Taxi hielt wie vereinbart um die Ecke und so langsam begann Hilda sich wieder als Herrin des Geschehens zu fühlen. Sie schaute aus dem Autofenster und freute sich an der Frühlingssonne.
Doch das gute Gefühl hielt nicht lange an.

Als sie ihren früheren Kiez erreichte und das Haus sah, in dem sie mit ihrem Paul fast fünfzig Jahre glücklich gewesen war, keuchte sie vor Entsetzen auf. Früher war das alles ein gepflegtes Ensemble gewesen: Die sechs großen Bürgerhäuser mit den charakteristischen Erkern, die eine kleine Grünanlage umsäumten.

Fünf Häuser boten auch noch den gewohnten Anblick, aber ausgerechnet „ihr" Haus sah aus, als hätte man es fluchtartig verlassen. Sie blickte zur ersten Etage. Die Fenster sahen ohne ihre Gardinen leer, fast höhlenartig aus. Auch darüber erkannte sie nur leere Fenster. Neben dem Haus standen irgendwelche Baumaschinen, was war da nur geschehen?

„Gott sei Dank", murmelte sie. Der kleine vietnamesische Laden im Erdgeschoss war noch vorhanden. Aber offensichtlich auch nicht mehr lange, dachte sie, als sie die halbleeren Regale sah. Auch Kunden waren in dem früher so gut besuchten Geschäft nicht zu sehen.

Erst als sie ein zaghaftes „Hallo" rief, kam Hoa, die freundliche Besitzerin nach vorne. Sie sah unglücklich aus, aber als sie Hilda erkannte, hellte sich ihr Gesicht auf.

„Frau Hilda, ist das schön dich wiederzusehen, wir haben schon gedacht, du wärst in dem Haus für alte Leute." „Aber Kindchen, wo denkst du denn hin. Ins Altenheim gehe ich erst, wenn man mich hinträgt." Hilda lächelte und umarmte Hoa beruhigend.

„Aber der Mann hat doch gesagt…"

„Egal, erzähl mir doch erstmal, was hier vor sich geht?"

Hoa zog sie in die kleine Küche hinter dem Laden, damit sie sich setzen konnte.

„Ein Mann hat das Haus gekauft, um es wegzumachen. Er will ein neues Haus für reiche Leute bauen. Die Mieter von oben haben Geld bekommen, damit sie gleich ausziehen. Auch der Mann von ihrer Tochter hat viel Geld bekommen, Kati, die Anwältin hat es uns gesagt. Jetzt sind nur noch sie und wir, die nicht fortwollen.

Aber das Geschäft geht schlecht. Irgendwann müssen wir auch.
Mein Mann ist schon auf Wohnungssuche. Aber so wie hier, wo
ich die Kleine auch im Auge haben kann, das gibt es nicht. "
Hilda kam aus dem Staunen nicht heraus. Offensichtlich hatte sie
ihren Schwiegersohn unterschätzt. Er sah so harmlos aus, hatte es
aber faustdick hinter den Ohren. Nicht nur dass er ihre Wohnung
einfach auflöste, ihre Antiquitäten verschleuderte, er hatte auch
noch ein Kopfgeld kassiert. Vermutlich wusste Hedda davon auch
nichts oder doch?

Hilda trank ihren Tee, den Hoa aufgegossen hatte, schluckweise
und versuchte zu klaren Gedanken zu kommen.
Sie war schon oft in ausweglosen Situationen gewesen, aber das
war das Schlimmste überhaupt. Wie gerne würde sie sich und den
anderen helfen, aber sie war eine alte Frau, die sich so kraftvoll
fühlte, wie ein ausgedrückter Teebeutel! Sie hatte zwar Geld ge-
spart, wenn sie es recht bedachte, gar nicht so wenig, aber das würde nicht helfen können.
Da durchfuhr sie ein schrecklicher Gedanke. Hatte sie ihr Geld
überhaupt noch? Oder hatte sich Konrad daran auch schon bedient?
Höchste Zeit, Nägel mit Köpfen zu machen. Sie verabschiedete
sich von Hoa und klopfte bei der jungen Rechtsanwältin. Aber da
war keiner.

Schweren Herzens verließ sie das Haus und schaute sich wie Abschied nehmend um, als sie die schwarzen Locken der Anwältin hinter einem Busch entdeckte. Katharina Görlich saß einsam auf der Bank, ihre Augen waren gerötet, offensichtlich hatte sie geweint. Aber als Hilda näher trat, sprang sie erfreut auf.

„Frau Schiller, wir haben Sie ja ewig nicht gesehen. Geht es Ihnen gut?" „Es könnte mir nicht schlimmer gehen, bei dem, was ich hier sehe. Aber wir waren doch schon mal beim Du, Kati. Dir setzt auch etwas zu? Wollen wir nicht gemeinsam einen Cappuccino trinken gehen. Ich brauche unbedingt deinen Rat. Und die Parkbank ist für mich nicht bequem genug." Kati sprang auf und stützte sie, damit das Gehen leichter fiel. „Den Cappuccino kriegst du auch bei mir und ganz sicher hört da kein Nachbartisch zu."

Während Hilda ihren Cappuccino genüsslich schlürfte, informierte sie die Anwältin über ihre Bedenken gegenüber ihrem Schwiegersohn. Deren erste Frage konnte Hilda sofort verneinen, sie hatte nichts unterschrieben. Allerdings hatte ihre Tochter eine Vollmacht für ihr Bankkonto. Darauf war aber lediglich die monatliche Rente. Das, was sie als ihr Vermögen betrachtete, befand sich auf Extrakonten und in ihrem Depot. Nachdem sie alles in die Wege geleitet hatte, um eine ungerechtfertigte Entmündigung zu verhindern, gab sie noch einige Schriftstücke in Auftrag, die verhinderten, dass ihr Schwiegersohn irgendeinen Zugriff auf ihr Geld hatte.

„So jetzt hast du meine Probleme gehört, was sind deine? Geht es auch um das Haus?" Kati seufzte tief auf und strich sich über die Haare. „Damit hat alles angefangen. Nach dem Studium habe ich zunächst in einer großen Kanzlei gearbeitet, aber ich hatte Probleme damit, wie weit die Gesetze für bestimmte Leute ausgelegt wurden. Also bin ich gegangen. Nur eine eigene Kanzlei muss man ja erst aufbauen, deshalb war ich froh, dass die Miete hier nicht so hoch und die Gegend immer noch respektabel war.

Aber dann kam dieser Miethai oder Heuschrecke oder wie man diese Leute nennt. Mein Freund hat für diese Gesellschaft gearbeitet, er ist eigentlich Architekt, aber sie suchten eben einen Bauleiter für dieses Vorhaben. Soweit war alles gut. Als er jedoch auf den Denkmalschutz verwiesen hat, der eigentlich einen Abriss unmöglich macht, hat man ihn gefeuert. Jetzt hängen wir beide in der Luft. Er hat keinen Job und ich auch bald nicht mehr."

Hilda schüttelte den Kopf. „Was ist das nur für eine Welt geworden, da muss man doch etwas machen können?"
Kati schüttelte mutlos den Kopf. „Der Eigentümer hat sich offensichtlich mit dem Baustadtrat verbündet. Die haben dann in der Verwaltung irgendeine Sonderregelung durchgedrückt, wegen Einsturzgefahr. Dabei ist das ein höchst solides Mauerwerk, sagt mein Freund."

Hilda schob ihr auffordernd das Handy zu. „Speicher mir doch bitte mal die Nummer von deinem Freund ein. Nur für den Fall, dass ich eine fachliche Meinung brauche. Ich glaube, ich habe eine Idee, die uns beiden weiterhelfen könnte. Gibt es eigentlich noch die kleine Pension an der Ecke?"

Und als die Anwältin nur nickte und ins Vorzimmer lief, um die Visitenkarte zu holen, fing Hildas Plan an, sich zu entwickeln.
„*Wir müssen gehen.*" „Ja, gleich", antwortete Hilda. Dann schaute sie sich erschrocken um. Wer hatte denn da gesprochen? Es war niemand zu sehen. Vielleicht war das heute doch ein bisschen viel für mich, wenn ich schon Stimmen höre, dachte sie.
„*Dann solltest du auch tun, was die Stimme sagt.*" Sie fuhr wieder herum. „Ist da jemand?"
„Außer mir keiner", antwortete die Anwältin und reichte ihr die Visitenkarte der Pension. „Was hast du denn gehört?" „Ach wahrscheinlich ist draußen jemand vorbei gegangen. So weit, dass ich Stimmen höre, bin ich noch nicht."

Trotzdem machte sie sich Gedanken, als sie wieder auf der Straße war. War sie wirklich schon rammdösig im Kopf? Sollte sie froh sein, wenn sie wieder bei ihrer Tochter unterkriechen konnte? Nein, nein und nochmals Nein! Nicht mit ihr!
Und sofort rief sie die Pension an, um sich ein Zimmer reservieren

zu lassen.

Helga, die die kleine Künstler-Pension „Mutter Schulze" schon
Ewigkeiten führte, war kurz danach zwar etwas überrascht Hilda zu
sehen, überfiel sie aber nicht mit Fragen. Gäste, die zu ihr kamen,
sollten ihre Ruhe haben, sich entspannen und sich gerne an sie
erinnern.

Natürlich bekam Hilda, die sie schon Jahrzehnte kannte, das
schönste und ruhigste Zimmer. „Meine Sachen bringe ich wahrscheinlich am Abend. Jetzt brauche ich etwas Ruhe und meinen
Fuß zieht es auch in die Horizontale."

Bevor sie sich zu ihrem Mittagsschlaf hinlegte, rief sie noch ihre
Frisörin und einen alten Bekannten an.

Georg Brüning war früher mal ihr Chef bei der Lokalzeitung gewesen, mittlerweile gehörte ihm das Blatt. Allerdings war er nur noch
der Verleger und sein Sohn der Chefredakteur. „Mensch, die wilde
Hilde meldet sich mal wieder. Schön dich zu hören, was gibt es
Neues?"

„Das würde ich dir gerne beim Essen erzählen. Treffen wir uns in
zwei Stunden beim Italiener in meinem Kiez?" So, Springer läuft,
dachte Hilda, Zeit sich auszuruhen und dann noch schnell zum Fri-
sör.

„Wie gut, dass auf Freunde immer noch Verlass ist", murmelte sie,
als sie den Salon ihrer alten Freundin Brunhilde verließ. Natürlich
hatte sie ihren Wunschtermin bekommen, ihre Haare waren in ei-

nem angenehmen Silberblau frisch getönt, die Brauen gezupft und mit etwas Rot auf den Lippen, fühlte sie sich wie runderneuert und bereit, in den Kampf zu ziehen.

„Also das ist doch die Höhe." Georg Brüning geriet so in Rage, dass Hilda um seinen Blutdruck fürchtete.

„Ich wusste schon von Anfang an, dass der Baustadtrat nicht die hellste Kerze auf der Torte war, aber dass er auch noch kriminell ist, das hatte ich nicht erwartet. Wir werden unsere Spürhunde darauf ansetzen und dem neuen Eigentümer einen Strich durch die Rechnung machen. Heute ist Montag, wenn alles klappt, platzt die Bombe dann am Wochenende. Aber was dann, davon hast du doch deine Wohnung noch nicht zurück?"

„Immer mit der Ruhe", grinste Hilda, die sich frisch frisiert schon viel besser fühlte. „Ja, und dann mit ʻnem Ruck", ergänzte Georg. „Das war schon früher immer dein Plan."

Hilda fuhr sich über die Stirn. „Zu dem Ruck bin ich in meiner Planung ja noch gar nicht gekommen. Ich habe das alles doch erst heute erfahren. Aber es geht nicht nur um meine Wohnung, da sind einige Menschen, denen geholfen werden muss."

„Du wirst das schon schaffen. Wenn du Hilfe brauchst, sag Bescheid. Und wenn du noch etwas erfährst, alles kann helfen."

Mit diesen Worten im Ohr, machte sich Hilda auf den Weg zur Pension. Vor dem kleinen Zeitungsladen blieb sie stehen und warf einen Blick über die Schlagzeilen. Fast so wie früher, als sie selbst noch Teil einer Redaktion war. Eigentlich wollte sie nur schauen, aber es gab kaum noch Zeitungen, hauptsächlich bunte Blätter.

„Na ja, die müssen auch sein", murmelte sie und wollte weitergehen, als sie wieder diese Stimme hörte. *„Kauf ein Los!"* Sie sah sich um. Keiner da.

Wurde sie jetzt doch langsam komisch, bildete sie sich die Stimme nur ein? *„Nein du hörst mich wirklich, kauf ein Los!"*

„Wozu denn?" Obwohl niemand zu sehen war, flüsterte sie. Es war ihr fürchterlich peinlich, falls sie jemand hören würde.

„Du brauchst Geld, viel Geld, also kauf ein Los!"

„Ich habe keine Ahnung vom Glücksspiel und glaube auch nicht, dass es meine Probleme lösen könnte. Allerdings, wenn ich gewinnen würde…" *„Mensch, kauf ein Los. Meine Geduld geht zu Ende"*.

„Na schön, wenn du so eine Art Himmelsbote bist, wirst du es ja besser wissen", murmelte Hilda etwas eingeschnappt, „auf deine Verantwortung."

Und sie kaufte tatsächlich ein Los der „Aktion Mensch", ein Fünf-Sterne-Los mit Zusatzmodul, einfach weil es sie fast anzog und außerdem hatte ja die Stimme dauernd *„Mensch"* gesagt.

Immerhin war das wenigstens für eine gute Sache, auch wenn sie nicht gewinnen sollte. Trotzdem schüttelte sie darüber immer noch den Kopf, als sie sich gegen Abend auf den Weg zur Wohnung ihrer Tochter machte, um ihre restlichen Sachen zu holen.

Ich hätte wegen Konrad lieber früher gehen sollen, fiel ihr vor der Wohnung noch ein, aber ihre Glückssträhne, falls es eine war, hielt an. Kein Schwiegersohn, nur eine beleidigte Tochter.
Hilda packte ihre Sachen, drückte Hedda ihre Telefonnummer in die Hand und ließ den Taxisfahrer ihre zwei Koffer einladen.

In der Pension konnte sie trotz der ruhigen Lage lange nicht einschlafen. Schließlich fiel sie in einen unruhigen Schlaf, bei dem sie lebhaft träumte. Aber leider waren das eher Traumsplitter, als irgendwelche vernünftigen Hinweise von oben, die sie hätte nutzen können.
Irgendwie war das in der Literatur leichter mit den göttlichen Hinweisen, dachte sie ironisch, als sie den Traum Revue passieren ließ. Im Traum hatte sie gewonnen und das Haus gekauft. Schön und gut! Aber wie sollte sie das anstellen?

Nach dem Frühstück meldete sich Georg Brüning schon telefonisch. „Hildchen, das wird nicht nur der Hammer, das wird eine ganze Werkzeugkiste! Ich habe mich gestern noch mit dem Architekten getroffen, den du mir genannt hattest und habe Sachen erfahren, die werden diese Knallschote von Baustadtrat durch die Luft fliegen lassen, dass es eine Freude ist. Mein Sohn war richtig neidisch, dass der Alte noch solche Sachen aufstöbern kann. Super! Ich fühle mich wieder, wie damals als wir beide den Bürgermeister gekippt haben."

„ Aber damals waren wir vierzig Jahre jünger…" „Na und! Wir haben unser Verfallsdatum noch lange nicht erreicht. Mein Kopf funktioniert auch weiterhin sehr gut und deiner, wie ich gesehen habe, auch. Wer sich mit uns anlegt, ist selbst schuld. Ich muss los, aber ich halte dich auf dem Laufenden."

Während Hilda zu einem kleinen Verdauungsspaziergang aufbrach, überlegte sie, wen sie in der Stadtverwaltung kennen könnte. Sie seufzte, als ihr einfiel, dass Gleichaltrige kaum noch bei der Verwaltung arbeiten würden. Auch so ein Nachteil des Alters, dachte sie, man hat kaum noch hilfreiche Kontakte. Es sei denn…. und ihr kam eine Idee.

Gut, dass sie auch alle alten Telefonnummern in ihrem Handy gespeichert hatte. Uns so rief sie, wieder zurück in der Pension, die Frauen an, die ihr früher schon geholfen und sie über Ärgernisse informiert hatten, auf die sich dann die Lokalzeitung stürzen konnte. Erstaunlicherweise war sie vielen noch in guter Erinnerung, weil sich mit ihrer Unterstützung auch viel getan hatte.

Wie Hilda dankbar feststellte, waren die meisten noch gesund und lebten auch noch hier. Schließlich hatte sie elf Zusagen für den nächsten Tag, da würde die Pension nicht ausreichen. Also mietete sie kurzerhand den Beratungsraum in der Anwaltskanzlei und begann ihre Informationszentrale einzurichten.

Glücklicherweise schien sich die Stimme verflüchtigt zu haben, wahrscheinlich war das doch nur der Stress gewesen.

Am nächsten Morgen ging es in ihrer Zentrale zu, wie bei einem Klassentreffen. Ruth, die frühere Redaktionssekretärin, war schon etwas früher gekommen und hatte Kaffee gekocht. Sie grinste Hilda an. „Das ist richtig aufregend, wie in alten Zeiten. Wenn wir einen Knüller hatten, sind wir oft erst Mitternacht nach Hause gekommen. Trotzdem war es toll!"

Ähnlich aufgeregt äußerten sich auch die anderen. Als Hilda dargelegt hatte, worum es ging, herrschte einen Moment angespanntes Schweigen. Also setzte sie fort.

„Ich kann mir vorstellen, dass ihr genauso empört seid, wie ich. Was wir jetzt brauchen sind Informationen für die Zeitung und wenn möglich Beweise, damit wir diese Halunken ausschalten und den Abriss des Hauses verhindern können. Natürlich wird aus uns kein James Bond und auch keine Mata Hari werden, aber wir haben einen großen Vorteil! Die Leute übersehen uns oft oder nehmen uns nicht ernst, weil wir alt sind. Deshalb erfahren wir manche

Dinge viel leichter, als andere. Und unsere Lokalzeitung kann sich dann darauf stürzen. Wir wären also auch in Zukunft so etwas, wie eine schnelle Eingreiftruppe. Macht ihr mit?"

Als erste meldete sich Gerda, die wie sich Hilda erinnerte, früher die Schule geleitet hatte. „Du hast meine volle Unterstützung, wenn es darum geht, diesen Schurken von Baustadtrat auszuschalten. Das ist nämlich mein Schwiegersohn. Der ist nicht nur bestechlich, er ist auch ein Schläger. Mein Enkel wohnt schon bei mir, weil er es zuhause nicht ausgehalten hat. Ich schätze, er schlägt auch meine Tochter, aber die will sich nicht trennen. Ich verstehe die Frauen von heute nicht mehr. Wir hatten früher keine Probleme damit uns durchzusetzen und etwas zu erreichen, aber heute reichen Küche und Kinder schon wieder aus."
Zustimmendes Nicken bestätigte sie.
„Ich habe die beiden, also diesen Miethai und den Baustadtrat schon öfter zusammen gesehen", rief eine andere Frau. Ein kurzer Blick genügte Hilda, um Frieda aus der Redaktionskantine wieder zu erkennen. „Meine Enkelin hat das kleine Cafe am Markt übernommen. Manchmal helfe ich da in der Küche aus. Mindestens dreimal haben die in der Nische mit irgendwelchen Papieren gesessen."
„Wenn wir nachweisen könnten, dass Geld geflossen ist", überlegte Hilda laut. „Dann hätten wir ihn", setzte Gerda fort." Wenn es ir-

gendetwas Schriftliches gibt, dann finde ich es. Die beiden sind
gestern in die Schweiz gefahren, ich hüte das Haus und gieße die
Blumen. Da habe ich genügend Zeit, alles zu inspizieren. Fotos
kann ich mit dem Handy auch gleich machen. Hilda, wir sollten
alle unsere Nummern tauschen, damit wir uns abstimmen können.“

Hilda reagierte etwas verspätet, weil sie von dieser nervigen Stimme schon wieder abgelenkt wurde. „*Erzähl von deinem Schwiegersohn*“, hatte sie verlangt.

„Mit den Nummern, das ist eine gute Idee“, bestätigte sie und
setzte dann fort. „Du bist nicht die einzige, die mit einem Vollpfos-
ten von Schwiegersohn geschlagen ist.“

Als sie erzählt hatte, wie sie ihre Wohnung, ihre Möbel und ihr
restliches Eigentum verloren hatte, war sie überwältigt von den
Reaktionen. „An manchen Männern scheint die Evolution doch
spurlos vorbeigegangen zu sein“, rief Gerda empört. Und Ruth
setzte fort: „Solche Typen sind wirklich wie alte Autoreifen, ohne
jedes Profil, aber immer bereit, einen zu überfahren.“ Alle boten
ihr Unterschlupf an, Möbel, Geschirr oder einfach nur Verbunden-
heit und Trost.

„Ich habe allerdings dafür gesorgt, dass es nicht noch schlimmer
werden kann. Und vor allem, dass er mich nicht einfach entmündi-
gen kann, um an mein Geld zu kommen. Testament, Vorsorge-
vollmacht und Betreuungsvollmacht, liegen jetzt bei meiner An-

wältin, die ich auch gerne hier im Haus behalten würde, genauso, wie den kleinen Laden nebenan." Bei diesen Worten wies sie auf Kati, die ihr aufmerksam zugehört hatte, sich aber jetzt räusperte.

„Wenn wir es tatsächlich schaffen, den Abriss zu verhindern, was wird dann mit dem Haus? Der jetzige Eigentümer wird abspringen, aber wird ein neuer besser sein?"

Hilda fand den Einwand sehr berechtigt. Sie lehnte sich zurück, um nachzudenken und merkte überrascht, dass sie zu reden begann, die Worte quollen ihr einfach aus dem Mund.

„Wenn ich könnte, würde ich das Haus selber kaufen. Aber dafür müsste ich erst im Lotto gewinnen. Wenn ich wirklich das Geld hätte, würde ich das Haus energieeffizient sanieren und einen Fahrstuhl installieren lassen.

Dann könnten die Wohnungen neben mir und zwei Wohnungen über mir altersgerecht ausgestattet werden. Oben unterm Dach könntest du einziehen, Kati, und die Kanzlei und der Laden bleiben selbstverständlich. Aus dem großen Raum hinter dem Laden, der jetzt leersteht, machen wir eine Teestube, in der sich die schnelle Eingreiftruppe immer treffen könnte."

Etwas erschöpft und über diese Rede selbst überrascht, lehnte sie sich zurück. Was war das denn?

Am liebsten würde sie das jetzt wieder dementieren, aber da melde-

te sich schon wieder die Stimme. *„Lass es! Es wird alles gut ge-*
hen."

In das aufgeregte Geschnatter der Frauen meldete sich Gudrun, die
früher direkt beim Bürgermeister gearbeitet hatte, leicht grienend
zu Wort. „Mein Enkel ist Makler, wenn das Haus auf den Markt
kommt, wissen wir rechtzeitig Bescheid. Und wenn alles so kommen sollte, wie du es angedeutet hast, würde ich gerne in eine kleinere altersgerechte Wohnung ziehen. Meine Enkelin ist schwanger,
die würde meine Wohnung dann mit Kusshand nehmen. Aber hast
du denn wenigstens schon Lotto gespielt? Manchmal hapert es ja
an den einfachsten Voraussetzungen."

Hilda grinste nur und zeigte ihr Los in die Runde, bis Gudrun sich
wieder meldete. „Ich weiß, dass wir den Abriss nur mit drastischen
Maßnahmen abwenden können, aber sollten wir nicht den Bürgermeister vorwarnen?"

„Gudrun, du willst deinen Exchef nicht auflaufen lassen, das verstehe ich. Aber wenn vorher alle Bescheid wissen, verpufft das
Ganze. Also, unsere Lippen sind versiegelt! Vielleicht fällt uns
noch etwas ein, wie wir den Bürgermeister wieder aufmuntern
können, denn bisher macht er eine gute Arbeit."

„Ich hätte eine Idee", meldete sich Irene, die ehemalige Bibliothe-
karin. „Das müsste ich aber erst vorbereiten. Kann ich es dir mai-
len?" Hilda sah Kati fragend an und die schob eine Visitenkarte mit

Mailadresse über den Tisch.

„Wir treffen uns am Besten am Donnerstag wieder hier und tauschen uns aus. Georg Brüning von der Lokalzeitung wird auch dabei sein."

Mit diesen Worten und einem guten Gefühl schloss Hilda die Sitzung ihrer schnellen Eingreiftruppe.

Der Mittwoch blieb ruhig, bis auf das umfangreiche Material von Irene, das Hilda mit einem Auftrag an Katis Architektenfreund weiterreichte.

Am Donnerstag, als sich die schnelle Eingreiftruppe wieder traf, war die Spannung fast greifbar. Triumphierend hob Gerda einige Blätter hoch, damit sie es alle sehen konnten. „Wir haben ihn! Der Trottel wollte sicher gehen und hat sich eine vertragliche Zusage von dem Miethai geben lassen, dass er, wenn er entdeckt wird, von ihm einen Job bekommt. Und der Clou ist, er hat verlangt, dass bereits geflossenes Geld nicht zurückgefordert werden darf. Ich habe Fotos und zwei ordentliche Kopien gemacht."

Georg Brüning war erstaunt und hoch erfreut. „Wir haben zwar auch einiges ausgegraben, vor allem ein paar schöne Fotos, aber ihr seid ja besser als Miss Marple und Sherlock Holmes zusammen. Chapeau, meine Damen! Damit kann morgen die Bombe platzen."

Gegen Abend machten sich Hilda und Gudrun doch noch auf den Weg, um den Bürgermeister in dem kleinen Cafe am Markt zu treffen. Sie informierten ihn darüber, was geplant war, zeigten ihm das betreffende Haus gemeinsam mit Katis Architektenfreund und unterbreiteten ihre Vorschläge, wie das Haus und der Ruf der Stadtverwaltung wieder gerettet werden könnten.

Danach begann das Warten. Natürlich empörte sich die gesamte Stadt, aber alle fanden es auch gut, wie schnell der Bürgermeister reagierte und auf der Einhaltung des Denkmalschutzes bestand.
In Hildas Informationszentrale knallten am Freitag zwar die Sektkorken, da sich Georg Brüning sehr generös gezeigt hatte, aber noch zehrte die Ungewissheit an ihnen.
Immerhin beschäftigte sich jetzt der Staatsanwalt mit dem Baustadtrat, hier war die Gerechtigkeit wenigstens schon auf dem Siegeszug.
Am Samstag meldete sich Gudrun. „Hilda, der Miethai hat aufgegeben. Das Haus ist wieder auf dem Markt. Da es fast leergezogen ist, hat er den Preis sogar noch höher gesetzt. Mein Enkel meint, das wäre ein Fehler. Nach dem ganzen Schlamassel, wer soll denn da noch kaufen wollen. Der Preis wird zwar noch sinken, aber es wird trotzdem schwierig."
Den Sonntag fand Hilda im Vergleich zur Woche fast langweilig.
Es war zwar anstrengend, aber auch ein tolles Gefühl gewesen,

mittendrin zu sein, etwas bewegen zu können.

Sie hatte die Zeitung noch einmal aufmerksam studiert, als sich die nervige Stimme wieder meldete.

„Schalte den Fernseher, du musst die Ziehung der Gewinnzahlen sehen." „Du gibst wohl nie auf", murrte Hilda, schaltete aber ein und legte das Los neben sich.

Während sie noch versuchte ihr Bein bequemer zu lagern, wurden die Zahlen genannt. Sie verfolgte sie mit den Augen, einmal und zweimal.

Dann sprang sie ungeachtet ihres Fußes auf und tanzte trotz der schweren Bandage.

Am nächsten Morgen überraschte sie ihre schnelle Eingreiftruppe mit der Neuigkeit. Gerda warf einen Blick auf die Zahlen und das Los und pfiff überrascht durch die Zähne. „Ich schätze damit bekommst du das Haus locker und kannst es auch noch sanieren. Diese Ziehung bringt bis zu zwei Millionen."

Jetzt erst begann Hilda Herz stärker zu klopfen und sie fühlte sich ein wenig schwach. „Ach Gottchen, dann können wir ja alles so machen, wie wir geplant haben." Aber dann durchströmte sie eine solche Welle der Freude, dass sie zum ersten Mal in ihrem achtzigjährigen Leben aufsprang, begeistert eine Becker-Faust nach oben stieß und laut schrie „Super! Wir haben es geschafft. Und die Einweihung wird gefeiert, dafür sorge ich."

Nachdem Hilda feststellte, dass ihre Riesen-Gewinnsumme tatsächlich locker für den Hauskauf und die Sanierung ausreichen würde, fuhr sie wieder zu ihrer Tochter. Die öffnete ihr mit einem steinernen Gesicht, nicht geneigt ihrer Mutter näher zu kommen.

Hilda schob ihr einen Umschlag mit einer größeren Summe in die Hand. „Ich habe viel Geld gewonnen, das ist für dich, aber achte darauf, dass er nicht seine gierigen Krallen danach ausstreckt."

„Wonach soll ich meine gierigen Krallen nicht ausstrecken?"

Konrad schob sich drohend durch den Eingang.

Aber Hilda lächelte nur. „Nach allem, was mir gehört!"

Sie ging zufrieden, denn ihre Tochter hatte den Umschlag blitzschnell verschwinden lassen. Vielleicht wurde sie ja doch noch etwas klüger.

Die Bauzeit war nicht so nervig, wie Hilda gedacht hatte, aber die Stimme war es.

Sie traf die Entscheidungen und ließ sie Hilda wissen.

Und gerade dann, wenn sie wieder einmal gereizt geschrien hatte: „Geh mir nicht auf die Ketten!", stellte sie fest, dass durch diese Entscheidungen alles wie am Schnürchen lief.

Die Baugenehmigungen wurden im Eilverfahren erteilt.

Der Fahrstuhl passte genau in das geräumige Treppenhaus, die historischen Fenster standen sofort zur Verfügung, weil ein Exportauftrag geplatzt war und auch die neue Dämmung für das Mauerwerk, hatte der Architekt eigentlich erst viel später erwartet. Mit dem Fahrstuhl, den neuen Duschen und dem Entfernen der Schwellen, waren die Wohnungen auch altersgerecht.

Nach zwei Monaten war das Wunder komplett. Hilda zog wieder in ihre alte Wohnung, sogar die Chippendales waren wieder dabei. Gerda hatte sie bei einem Trödler entdeckt, dem gar nicht klar war, welchen Schatz er hütete.

Auch Gudrun und drei andere Frauen waren glücklich beim Einrichten ihrer Wohnungen. Katis Architektenfreund hatte hervorragende Arbeit geleistet, das Gebäude strahlte im alten Glanz und war innen so energieeffizient, dass das Projekt dafür mit Irenes Hilfe einen Preis gewonnen hatte.

Als Dank dafür, hatte Hilda ihm angeboten den Dachboden als sein Atelier auszubauen.

In der Teestube, die schon eifrig genutzt wurde, strahlte Hoa, die vietnamesische Händlerin mit Kati und den anderen Frauen um die Wette.

Nachdem der Bürgermeister symbolisch die Haustür für dieses und folgende Projekte geöffnet hatte, unzählige Kameras geklickt und sogar das Fernsehen gedreht hatte, wurde ausgiebig gefeiert.

Hilda, die sich etwas überwältigt fühlte, schlich sich in den kleinen Innenhof, der jetzt wunderbar begrünt war und setzte sich auf ihre neue Lieblingsbank. Der große, gelbe Rosenbusch, dessen Zweige duftend über die Bank ragten, war ihre Idee gewesen.

Hier saß sie gerne und erinnerte sich an ihren Paul, dessen Lieblingsfarbe gelb war. Für die Hausbewohner gab es hier jetzt auch eine kleine Grillecke, die sicher schon bald eingeweiht würde.

Drinnen schmetterten Gerda, Gudrun und Ruth den alten Schlager „Der erste Lack ist ab", den sie umgedichtet hatten.

Hilda hörte vergnügt zu.

„Knackt es manchmal im Gebälk, bremst das auch nicht unsern Schwung, das Äußere ist unwichtig, denn innen sind wir jung!

Der erste Lack ist ab, der erste Lack ist ab,

wir sind nicht mehr die Jüngsten!

Na und was macht das schon...."

Recht haben sie, dachte Hilda, das stört uns wirklich nicht im Geringsten.

Wir haben schließlich bewiesen, dass es nicht auf den Lack ankommt.

Hauptsache, man rostet nicht!

Sie schaute sich vorsichtig um, bevor sie etwas lauter sprach.

„Bist du jetzt zufrieden?" Sie schaute sich wieder um.

Nichts zu sehen, nichts zu hören. Offensichtlich war er fort.

Hilda lächelte. „Na gut, mein Himmelsbote, geh anderen auf die Ketten oder mach sie glücklich. Hier ist alles erledigt."

Ein neuer Vater für Sascha

„So, das sitzt fest genug. Passt, wackelt und hat Luft!"
Olivia Kästner hatte die letzte Schelle festgezogen. „Jetzt kann ich
endlich wieder Wäsche waschen, ohne alles unter Wasser zu setzen." Sie wischte sich den Schweiß von der Stirn. Früher hatte das
ihr Lucky gemacht und auch der Spruch war von ihm.
 Aber Lukas, ihr Mann, war jetzt schon mehr als vier Jahre nicht
mehr an ihrer Seite und sie vermisste ihn immer noch.

Der Anfang mit ihm war fast unwirklich schön gewesen. Schon
beim ersten Blick in seine dunklen Augen und auf das leicht schie-
fe Lächeln, hatte sie gewusst: Der oder keiner! Zum Glück ging es
ihm auch so. Zwei Jahre lang hatte ihr Honey Moon gedauert, dann
hatte der Krebs zugeschlagen. Von einem Tag auf den anderen,
ohne Vorwarnung.
Sie war gerade freudestrahlend von ihrer Frauenärztin gekommen,
hatte den Tisch gedeckt, um ihn mit der freudigen Nachricht zu
überraschen. Sie war endlich schwanger!

Aber die Nachricht seines Arztes, ließ die Freude erlöschen, wie
eine zu klein geratene Kerze. Ein Hirntumor der aggressivsten
Form. Sie hatte Nächte lang geweint, denn tagsüber musste sie
stark sein. Stark für ihn und stark für das Baby.

Lukas hatte wirklich gekämpft. Entgegen aller Voraussagen der Ärzte, hatte er die Geburt von Alexander noch erlebt.

Danach waren seine Kräfte immer schneller geschwunden und irgendwann war er einfach nicht wieder aufgewacht.

Das war so ungerecht, dachte Olivia immer noch. Warum musste so ein guter Mensch sterben und andere leben, obwohl sie mit allem, was sie tun, ihr Leben wegwerfen?

Sie seufzte, wie immer, wenn sie darüber nachdachte.

Daran konnte sie einfach nichts ändern, doch immerhin hatte sie ihren kleinen Sascha. Er sah seinem Vater sehr ähnlich, hatte aber von ihr die roten Haare und auch genug von ihrem Temperament abbekommen, um jetzt schon zu testen, wie weit er seinen Willen durchsetzen konnte. Sein Lieblingsthema im Moment war, einen neuen Vater zu finden. In zwei Monaten würde er fünf werden und das war alles, was er sich wünschte.

Sie hätte auch gerne wieder jemanden an ihrer Seite gehabt, aber in der Kleinstadt, in der sie lebten, war das Angebot leider überschaubar. Sicher, sie war mal mit dem Besitzer des Lebensmittelladens ausgegangen, aber alles, was der erwartete, war ein One-Night-Stand.

Und das war ihr Ziel nun wirklich nicht. Sie wusste, dass es für jeden Mann, neben dem Bild von Lukas, schwer werden würde, zu bestehen. Aber konnte man seinem Herzen befehlen?

Das wollte sie nicht, auch nicht Sascha zuliebe, der gerade zur Tür hereinstürmte.

„Wir haben heute im Kindergarten darüber gesprochen, was unsere Eltern arbeiten. Und dann haben wir ein Dankeschön gebastelt. Hier bitte, das ist für dich."

Freudestrahlend hielt er Olivia ein Herz aus Zweigen und Papierblüten hin, dessen Konturen wirklich nur leicht verschoben waren.

Sie übersah die nicht ganz sauberen Hände und umarmte ihn dafür fest, glücklich darüber, dass er das noch zuließ.

Während sie das neue Kunstwerk am Kühlschrank befestigte, fragte sie ganz vorsichtig nach. „Und was hast du erzählt?"

Sascha trank erst noch einen Schluck von der Milch, die sie ihm hingestellt hatte und strahlte sie an. „Ich habe gesagt, dass du bei unserem Arzt arbeitest und Sachen mit einem Mikroskop untersuchst. Das Wort habe ich sogar richtig gewusst."

„Das hast du sehr gut gemacht."

Olivia wandte sich beruhigt wieder dem Abendessen zu, drehte sich aber jäh um, als Sascha fortsetzte. „Und mein neuer Vater ist Arzt. Er ist noch nicht da, kommt aber bald."

„Was hast du gesagt? Du hast doch noch gar keinen neuen Vater."

Sascha hatte seine Milch ausgetrunken, störte sich nicht an dem kleinen Milchbart und sah sie nachsichtig an. „Das weiß ich doch. Aber mein neuer Vater kommt bald. Die Großmutter hat es mir gesagt."

Olivia sah ihn zweifelnd an und fühlte seine Stirn. Kein Fieber.

„Spätzchen, deine Großmutter wohnt weit weg, am Meer. Das weißt du doch. Sie kann nicht da gewesen sein."

Sascha schaute jetzt schon etwas störrischer. „Auch das weiß ich. Ich bin doch kein Baby mehr. Ich meine die Großmutter, die abends an meinem Bett sitzt und mir etwas erzählt."

Olivia war sich nicht sicher, was sie davon halten sollte. Erfand Sascha jetzt eine Großmutter, weil ihm die Kontakte fehlten? Hatte sie ihn zu sehr von ihrer etwas schwierigen Mutter ferngehalten? Sie besaß genügend Erziehungsratgeber, in denen auf ein solches Phänomen aufmerksam gemacht wurde.

Also versuchte sie nicht, ihn von dieser Idee abzubringen, sondern forschte vorsichtig nach, während sie den Gemüseeintopf auf den Tellern verteilte. „Oh, mit Würstchen", rief Sascha, „da freue ich mich schon den ganzen Tag darauf. Und siehst du, die Großmutter hatte recht. Gemüseeintopf mit Würstchen, das hat sie mir gestern versprochen."

Olivia löffelte ihren Eintopf, während sie fieberhaft überlegte. „Hat die Großmutter auch gesagt, wann der neue Vater kommt?"

Wenn es irgendeinen Bewerber in ihrer Umgebung gäbe, müsste sie das doch auch wissen.

„Ja klar, hat sie das gesagt. Wenn der Baum im Vorgarten blüht.

Aber das dauert noch ein bisschen."
Olivia wurde etwas ruhiger, noch lagen Schneereste im Vorgarten.

„Und kann es sein, dass du dir den Arzt gewünscht hast, weil dich
Dr. Kirsch schon mal zum Angeln mitgenommen hat?" „Pff!" Sa-
scha schüttelte empört den Kopf, über die Vermutungen seiner
Mutter. „Dr. Kirsch ist ein alter Mann, wir brauchen einen jungen.
Einen, der auch Fußball mit mir spielen kann. Aber er wird ein
Arzt sein, hat die Großmutter gesagt."

Olivia nahm sich vor, am nächsten Tag mit der Leiterin des Kin-
dergartens zu sprechen, vielleicht hatte sie eine Erklärung für diese
sonderbare Geschichte.
Aber auch die pädagogische Fachkraft hatte keine plausiblere Erklärung. „Kinder erfinden sich oft unsichtbare Freunde, davon habe
ich auch gelesen. Von einer Großmutter allerdings habe ich in diesem Zusammenhang noch nie gehört. Aber ich würde mir keine
allzu großen Sorgen machen. Sascha ist ein aufgeweckter, intelli-
genter Junge. Und wenn er ein wenig zu viel Fantasie hat, wen
stört`s? Da kann er später Schriftsteller werden."
Olivia fühlte sich ruhiger und betrachtete die Kinder, die sich mittlerweile an ihre „Gartenarbeit" machten.
Gleich am Eingang gab es ein großes Fenster, an dem auf schwe-
benden Regalen Töpfe mit Küchenkräutern und Blumen standen.

Ihr Sohn war immer hellauf begeistert, wenn er Blumendienst hatte und gießen durfte. Sascha fühlte sich sehr wohl in seinem grünen Kindergarten „Traumzauberbaum", das war das Wichtigste und nicht irgendeine ominöse Großmutter.

Trotzdem war sie aber auch gespannt, welche Botschaft wohl als nächstes kommen würde. In den folgenden Tagen schien alles wieder völlig normal. Sie hatten sich am Wochenende einen Märchenfilm und ein Videospiel ausgeliehen, waren mit dem Hund der Nachbarin zweimal um den See gelaufen und hatten gemeinsam Saschas Lieblingsplätzchen gebacken. Keine Vorhersagen, nichts wies daraufhin, dass Sascha eine Fantasiefigur erfunden hatte. Olivia begann innerlich aufzuatmen.

Als er aber am Sonntagabend, schon im Schlafanzug und mit geputzten Zähnen, nach einem Plätzchen griff, es auf einen Teller legte und murmelte:"Für die Großmutter", da war ihre Geduld zu Ende. „Du hast deine Zähne geputzt, jetzt wird nicht mehr genascht!" „Aber ich will doch gar nicht naschen. Ehrenwort!"
Fast verzweifelt sah er sie an. „Ich wollte ihr doch nur etwas schenken. Du kannst aufpassen, ich esse es nicht."
Ein wenig gekränkt schlich er mit seinem Teller nach oben in sein Zimmer.
Olivia sah ihm zweifelnd nach, aber er meinte es sichtlich ernst.

Sollte sie soweit gehen und ihn kontrollieren oder sollte sie ihm vertrauen? Hin und hergerissen, schlich sie drei Stufen auf der Treppe nach oben und blieb völlig überrascht stehen, als sie unterschiedliche Stimmen hörte. Wer konnte das sein? Was konnte das sein? Ahmte ihr Sohn Stimmen nach? Ein Radio hätte das ganze erklären können, aber auch das gab es nicht. Plötzlich hörte sie eine angenehme Altstimme leise ein Schlaflied singen.

„Schlafe Sascha, schlafe ein, denk an etwas Schönes,
kuschel dich im Bettchen ein, träum was Angenehmes.
Über dir da winkt der Mond, schließe deine Lider,
morgen, wenn die Sonne lacht, öffnest du sie wieder."

Jetzt wurde es Olivia doch unheimlich und sie schlich sich leise wieder zurück. Es gab doch nicht wirklich Wesen, die durch die Wände gehen konnten und kleinen Jungs Geschichten erzählten und Lieder vorsangen oder?
In dieser Nacht schlief sie lange nicht ein. Zu viele Gedanken schossen durch ihren Kopf. Waren sie möglicherweise in Gefahr? Hätte sie etwas anderes machen sollen? War sie schuld an Saschas lebhafter Fantasie? Gegen den Gedanken einer freundlichen Großmutter hätte sie eigentlich gar nichts gehabt. Sie hatte die schönsten Erinnerungen an ihre eigene Großmutter, die sie liebevoll aufgenommen hatte, während ihre Mutter ihr Studium abschloss. Leider

war Oma Lilo viel zu früh verstorben, aber die Zeit bei ihr gehörte zu ihren schönsten Kindheitserinnerungen. Und mit diesen Gedanken schlief sie so ruhig und angenehm getröstet ein, als wäre sie wieder in dem kleinen Haus ihrer Großmutter.

Am nächsten Morgen kam Sascha mit dem leeren Teller, sah sie treuherzig an und gab sich Mühe, etwas genau zu wiederholen. „Köstlich, hat die Großmutter gesagt, aber wenn du etwas Vanille dazu gibst, schmecken sie noch besser." Olivia griff überrascht nach ihrem Backbuch, um nachzuschauen. Richtig! Da stand Vanille als Zugabe, sie hatte sie nur vergessen. Aber das könnte Sascha doch niemals wissen!

Die Sache wird immer verrückter, dachte sie, während sie das Müsli für sie beide vorbereitete. Plötzlich rief Sascha, der sich im angrenzenden Bad noch die Haare bürstete, um die Ecke. „Die Haare von meinem neuen Vater sind so wie unsere, aber etwas dunkler, wie eine Kastanie. Das passt sehr gut zu uns. Hat die Großmutter gesagt."
Olivia betrachtete es jetzt wie ein neues Spiel. „Und natürlich hat er wunderschöne, blaue Augen, oder?" – „Nein, das weiß ich genau, er hat grüne, wie der Hund von Frau Bülow."
„Und hat er auch ein Auto?" Jetzt kam Sascha zurück in die Küche, wieder mit dem mitleidigen Blick, mit dem man Menschen betrach-

tet, die eine lange Leitung haben. „Natürlich hat er ein Auto!
Wie soll er denn sonst die Kranken besuchen. Und das Auto ist
blau, wie mein neues Sweatshirt und es hat hinten einen Aufkleber
mit einem Adler. Das ist ein großer Raubvogel."

„Danke für die Information, mein kleiner Professor", murmelte
Olivia. „Wir werden sehen."

Langsam begann sich Olivia an die Großmutter und ihre mysti-
schen Informationen zu gewöhnen. Sie schien einiges zu wissen,
gab aber ihre Informationen nur stückweise frei. Fast so wie früher
bei einer Schnitzeljagd, bei der man mit winzigen Hinweisen zur
nächsten Station jagte.

Ob dieser Mann wirklich kommen würde, konnte sie nicht sagen,
aber ihr Sohn war glücklich. Hoffentlich würde er nicht enttäuscht
werden.

Als der April begann und der große Kirschbaum im Vorgarten endlich dicke Knospen bekam, stieg die Spannung. Sascha hätte am
liebsten stündlich probiert, ob sich die Knospen schon zu Blüten
öffneten.

Auch Olivia wurde von der Aufregung oder wie sie lieber glauben
wollte, von der Frühlingsluft angesteckt. Das kleine Haus wurde
von oben bis unten geputzt und auch sie achtete mehr als sonst darauf, dass sie nicht vorrangig wie eine abgehetzte Mutter wirkte,
sondern wie eine ganz normale junge Frau.

Natürlich glaubte sie nicht wirklich, dass ein attraktiver Mann so einfach bei ihr hereinschneien würde, aber konnte man das tatsächlich genau wissen?

Und die Informationen wurden immer konkreter, groß sollte er sein, auch weitgereist und er sollte die Absicht haben, sich hier nieder zu lassen. Ganz besonders interessant, fand sie jedenfalls, sollte das Tattoo auf dem Arm sein. Eine Schlange, die um einen Stock kriecht, hatte Sascha gesagt. Sie schmunzelte, das sollte vermutlich eine Äskulapschlange sein. Das spräche wirklich für einen Arzt. Jetzt hör schon auf, rief sie sich innerlich zur Ordnung. Das ist für Sascha ein schönes Spiel, aber mehr doch nicht!

Einen Tag vor Saschas Geburtstag hielten sich die Knospen immer noch zurück, aber Olivias bisherige Lebensplanung kam ins Schleudern.

Schon als sie zur Arbeit kam und Doktor Kirsch nicht da war, spürte sie ein unruhiges Kribbeln. Das war noch nie vorgekommen.

Mit einer geschlagenen Stunde Verspätung traf er schließlich strahlend ein.

„Ich habe Frau Kant gebeten, die Patiententermine abzusagen. Heute wird gefeiert. Frau Kant sichert gerade die besten Plätze."

Olivia schaute ihn forschend an. Dr. Kirsch war zwar schon weit über siebzig, aber bisher hatte sie sein klarer Verstand immer beeindruckt. „Schauen Sie nicht so kritisch, Kästnerchen. Ich bin plötzlich zu Geld gekommen, viel Geld. Sie wissen doch, dass ich schon seit Jahren an meiner Angelausrüstung bastele. Jetzt hat mir eine internationale Firma drei meiner Erfindungen für eine riesige Summe abgekauft. Jetzt kann ich mir endlich meinen Wunsch erfüllen und zu meiner Schwester nach Neuseeland ziehen. Den großen Caravan habe ich schon vor einiger Zeit gekauft und jetzt können wir durch das ganze Land düsen, jeden See und jeden Fluss ansehen und angeln, ohne Termine, ohne Stress. Wunderbar!"

Olivia geriet fast ins Stottern über die plötzlichen Veränderungen. „Aber Ihre Patienten, was wird mit denen?" Dr. Kirsch winkte nur lässig ab. „Alles schon geklärt! Wenn nichts dazwischen kommt, erscheint morgen mein Nachfolger, Dr. Schacht, ein ehemaliger Schiffsarzt, der sich niederlassen will und eine richtige Landarztpraxis gesucht hat.
Das alleine ist schon eine Seltenheit, aber ich habe ihn auch schon kennengelernt. Er ist ein prima Kerl. Natürlich werden sie und Frau Kant übernommen, das ist alles schon geregelt. Und jetzt werde ich Sie beide in das beste Restaurant einladen und das ist ganz sicher nicht um die Ecke."

Noch am Abend versuchte Olivia die Nachricht zu verarbeiten. Sascha fiel auf, dass sie sichtlich neben sich stand, aber als sie ihm erzählte, dass Doktor Kirsch weggehen würde, winkte er nur ab. „Weiß ich doch schon. Jetzt kann mein neuer Vater kommen. Ein

Doktor reicht doch!"

Nachdem er wie versprochen, ohne zu murren schlafen ging, deckte sie den Frühstückstisch besonders schön. Seine Geschenke wurden wie jedes Jahr versteckt und erst nach dem Frühstück gesucht. Da ihr Dr. Kirsch frei gegeben hatte, würde sie den Geburtstag auch etwas ausgiebiger mit Sascha feiern können.

Am späten Nachmittag waren noch seine drei besten Freunde eingeladen, aber der Vormittag gehörte ihnen allein.

Auch wenn Sascha am Morgen des Geburtstages über seine Geschenke jubelte, denn dabei war das ersehnte Fahrrad in seiner Größe, das er sich schon sehr lange wünschte, irgendwie schien er unruhig und abgelenkt. Seine Blicke wanderten des Öfteren zum Fenster und er lauschte mehr als sonst auf die Geräusche, die von der Straße drangen.

Aber bis zum Mittag geschah nichts. Das einzige Auto, das vor ihrem Grundstück hielt, war die Paketpost, die ein Geburtstagspäckchen von seiner Oma brachte. Die Freude über das neue Computerspiel währte nur kurz. Olivia litt mit ihm, sie wusste, er hatte alle seine Hoffnungen auf diesen Tag gesetzt.

Als sie gemeinsam am Mittagstisch saßen, schob er sein Essen nur hin und her und wie sie befürchtet hatte, flossen gleich dicke Tränen. „Aber die Großmutter hat doch gesagt, heute kommt er. Und er ist nicht da. Was soll ich denn nur machen?"

Olivia nahm ihn tröstend in den Arm. Am liebsten hätte sie jetzt dieser ominösen Großmutter ein paar Takte erzählt, aber sie hielt sich zurück.

„Schau mal, wir haben gerade erst Mittag, der Tag ist doch noch lang." Sascha sah sie zweifelnd an, dann erhellte sich sein Gesicht und er begann wieder zu lächeln.

„Na klar, er kann ja auch abends kommen. Jetzt habe ich wieder Hunger." Und in Windeseile war der Teller leer.

Zum Geburtstag fiel so etwas Profanes wie Mittagsschlaf natürlich aus, aber gegen den Vorschlag seiner Mutter, in der Hängematte hinterm Haus etwas zu schaukeln, hatte Sascha nichts einzuwenden. Kurze Zeit danach schlief er tief und fest. Olivia betrachtete ihn besorgt, wie würde dieser Tag wohl ausgehen?

Dr. Alexander Schacht schaute ärgerlich auf seine Uhr und trommelte nervös auf das Lenkrad seines blauen Jeeps. Er hätte längst schon an seinem Zielort sein müssen. Aber er hatte sich verfahren, trotz Navi oder wie er sagen würde, gerade deswegen.

Jetzt musste er sich beeilen. Er hatte Dr. Kirsch zwar telefonisch informiert und der hatte nur gelacht und ihm versichert, er habe alle Zeit der Welt.

Aber Alexander hasste es, zu spät zu kommen. Dieser lockere Umgang mit der Zeit, war nur eine der Umstellungen, an die er sich gewöhnen musste, seit er abgemustert hatte und wie er gerne sagt, ins zivile Leben zurückgekehrt war.

Es war ungewohnt, aber er hatte sich so entschieden, weil er einfach genug hatte von dem unsteten Leben und der Schifffahrt.

Ja, er hatte viel gesehen von der Welt, auch interessante Fälle behandelt, die er als Landarzt garantiert nicht sehen würde.

Aber jetzt wollte er etwas Eigenes, eine Praxis, eine Familie. Moment, rief er sich in Erinnerung, vorher kommt doch mindestens eine Frau! Er hatte keine besondere Vorstellung, wie sie sein sollte. Sein früheres Beuteschema: Groß, blond und gut bestückt, hatte er längst schon aufgegeben.

Sie sollte nett sein, Verständnis für seinen Beruf haben und wenn sie so leuchtend rote Haare hätte, wie seine Mutter, dann wäre das ein Sahnehäubchen extra.

Und Kinder? Ihre Kinder würden natürlich alle rötliche Haare haben, wie er auch. Es wäre auch kein Problem, wenn eins schon vorhanden wäre. Ob er ein guter Vater wäre? Auch der Gedanke schoss ihm durch den Kopf.

Auf jeden Fall besser als der, der ihn und seine Mutter sitzen gelassen hatte. Wie jedesmal, wenn er an seinen Erzeuger dachte, packte ihn die Wut und da geschah es.

Der Wagen brach nach rechts aus, so als ob die Straße spiegelglatt wäre. Er schaffte es gerade noch, ihn einigermaßen zu stoppen, fuhr aber in eine offene Einfahrt hinein und touchierte den blühenden Kirschbaum leicht.

Schockiert sprang er aus dem Auto, um zu sehen, ob er etwas umgefahren hätte und stand plötzlich einer hinreißenden Rothaarigen gegenüber, die ihn erschrocken anstarrte.

„Das kann nur der Schock sein", murmelte er. Gerade hatte er sich eine rothaarige Frau vorgestellt und da stand sie vor ihm, wie aus seinen Gedanken geformt.

„Entschuldigen Sie bitte", fast musste er stottern.

Am liebsten hätte er sie gebeten, ihn zu zwicken. Das konnte doch nur ein Traum sein! Während er noch konsterniert die Frau, sein Auto und den Kirschbaum betrachte, sprang ein kleiner Junge, rothaarig, wie in seinem Wunschtraum, in seine Arme und strahlte ihn an. „Da bist du ja endlich! Die Großmutter hat doch recht gehabt."

Alexander spürte den kleinen warmen Körper in seinen Armen. Also kein Traum dachte er. Auch die Frau ihm gegenüber wirkte immer noch etwas benommen.

„So stürmisch bin ich bisher nie begrüßt worden.

Aber offensichtlich bin ich für Sie auch eine Überraschung,

Dr. Alexander Schacht."

Und er reichte ihr die Hand, um sich vorzustellen. Olivia sah das Tattoo, die Äskulapschlange, und wäre beinahe, wie in einem alten Roman, in Ohnmacht gefallen.

Leider hatte die Großmutter keine Handlungsanleitung geliefert, wie man mit dieser Überraschung umzugehen hatte.

Also stellte sie sich als seine künftige Mitarbeiterin vor und lud Dr. Schacht kurzerhand an die Geburtstagstafel ein.

So ganz konnte er den Erklärungen des kleinen Jungen nicht folgen, aber erstaunlicherweise, hätte er gar nichts dagegen gehabt, wenn sich sein Wunschtraum so schnell erfüllen würde.

Er fühlte sich schon irgendwie zuhause, irgendwie angekommen.

Dr. Kirsch, der telefonisch dazu gebeten wurde, kam schimpfend durch die Einfahrt.

„Welcher Idiot hat denn diesen riesigen Ölfleck auf der Straße zu verantworten. Ich wäre beinahe weggerutscht!"

Olivia wunderte sich auch. „Hier war noch nie irgendwelches Öl und heute war doch nur die Post hier."

Aber Sascha sah sie verschmitzt an und grinste. „Und die Großmutter", flüsterte er. „Das hat sie gut gemacht!"

Auf und davon

Britt Schweikert betrachtete ihr Haar im Spiegel. Alles lag wie gewünscht in leichten Wellen und die hellen Strähnchen in ihren nussbraunen Haaren schimmerten wie einzelne Sonnenstrahlen.

Sie musterte ihre Haut und ihre cognacbraunen Augen. Doch, sie war auch mit dem neuen Make-up sehr zufrieden.

Nicht schlecht für 63, dachte sie zufrieden, ich gehe glatt noch für 50 durch.

Ungeduldig sah sie auf die Uhr, während sie auf Thomas, ihren Mann wartete. Sie würden wahrscheinlich die letzten sein, die zum Vorbereitungskomitee für den Frühlingsball kämen, dem größten Ereignis, dass es seit Jahren in dieser Stadt gab.

„Dieser Mann ist unmöglich", murmelte sie, während sie unruhig zwischen Bad und Schlafzimmer hin und herlief. Oder hatte sie einen Termin vergessen, hatte er etwas angekündigt, während sie in Gedanken war?

Sie schaute in ihrem kleinen ledergebundenen Kalender und auch noch in ihrem Smartphone nach. Keine Nachricht. Ob etwas passiert ist?

So langsam wurde sie unruhig. Es war sonst nicht seine Art, sie hängen zu lassen, aber manchmal, wenn er in seine Arbeit vertieft war, dann hätte der Himmel einstürzen können, ohne, dass er es bemerkt hätte.

Erschrocken zuckte sie zusammen, als das Telefon klingelte. Das Unfallkrankenhaus! „Ich komme sofort!" Selbst fahren erschien ihr in dieser Aufregung nicht ratsam, also rief sie sich ein Taxi, das auch sehr schnell kam.

Als sie schon im Taxi saß, fiel ihr ein, dass sie gar nicht gefragt hatte, was passiert war und vor allem, wie es ihm ginge.

Musste sie sich auf das Schlimmste gefasst machen?

Bloß nicht! Wie sollte sie weiterleben ohne ihn? Undenkbar!

Er war doch ihr Ein und Alles, ihr Leben!

Als sie ihren Thomas in der Klinik sah, fiel ihr ein Riesenstein vom Herzen. Er sah zwar ziemlich mitgenommen aus, grinste aber schon wieder. Oberhalb der Stirn sah sie ein großes Pflaster, die Haare waren abgeschoren.

Aber das war sowieso kein Problem. Als Thomas merkte, dass sein Haar an einigen Stellen nicht nur silbergrau wurde, sondern auch verschwand, hatte er ohnehin alles abrasiert. Mut zur polierten Platte, war die Entscheidung von beiden gewesen, denn nichts empfand Britt schlimmer, als ältere Männer, die drei Haarsträhnen über den Kopf zogen und sich einbildeten, das könnte sie für Frauen attraktiver machen.

Thomas dagegen, hätte sie auch ganz ohne Haare genommen, sobald er sie mit seinen blauen Augen anstrahlte.

„Da oben wollen sie mich noch nicht. Aber ich habe mir den Kopf ziemlich gestoßen und war auch ohnmächtig. Nur deshalb soll ich noch eine Nacht hierbleiben, sie wollen eine Gehirnerschütterung ausschließen. Du brauchst dir keine Gedanken zu machen.

Es kommt alles wieder in Ordnung. Du könntest natürlich die Heilung beschleunigen und meine Schmerzen weg küssen.“

Was sie dann auch ausgiebig tat.

Erst danach ließ sie sich den Unfallhergang genau erzählen.

„Bei so einem Unfall kann sich vieles erst in Nachhinein herausstellen. Du gehst erst, wenn sie hier alles genau untersucht haben. Ich brauche dich und das noch ziemlich lange. Was ist eigentlich mit dem Auto?“ Er winkte ab. „Total hinüber. Der ADAC und die Versicherung kümmern sich darum, ein neues ist schon bestellt“.

„Wenn du wieder zuhause bist, werde ich dir eine Pause verordnen. Du arbeitest zu viel, du brauchst mehr Entspannung und Spaß.“ Thomas lachte und zog sie in seine Arme. „Dafür habe ich doch dich, Engelchen.“

Wieder zuhause überlegte Britt, wie sie ihren Mann zu einem kleinen Urlaub überreden könnte. Er brauchte unbedingt eine Auszeit. Gerade war die neue Kollektion an Stilmöbeln ausgeliefert worden, schon arbeitete er an der nächsten und immer unter Zeitdruck und immer unter größter Vorsicht, denn Industriespionage und Fälschungen hatten in den letzten Jahren erheblich zugenommen.

 Wenn es nach ihr gegangen wäre, hätten sie die Firma längst verkauft und sich irgendwo auf dem Land ein Häuschen zugelegt. Am liebsten mit einem großen Garten, wo sie ihr eigenes Gemüse und Obst anbauen konnten und sie vielleicht sogar endlich zu ihrem größten Wunschtraum, einem einzigartigen Rosengarten käme.

Britt lächelte, wenn sie an ihre unzähligen Bücher zu diesem Thema dachte. Schon die Fotos regten sie zum Träumen an und am liebsten hätte sie gleich losgelegt. In ihrem Bekanntenkreis sprach sie darüber nicht mehr, dort machte man sich nicht die Hände schmutzig, man hatte einen Gärtner.

Als sie einmal davon schwärmte, selbst einen Garten anzulegen, hatten sie die meisten der Damen angesehen, als wäre sie unter einem Stein hervorgekrochen.

Seitdem überlegte sie sich ihre Gesprächsthemen sehr sorgfältig. Wehmütig erinnerte sie sich daran, wie sie früher mit ihren Freundinnen herumalbern konnte. So etwas war heute undenkbar.

Aber sie würde das alles ertragen, weil das gesellschaftliche Ansehen für Thomas und die Firma wichtig war. Und nur manchmal gestattete sie sich diesen Traum von Freiheit und Spaß, der wahrscheinlich ein Traum bleiben würde.

Als sie am nächsten Tag ihren Mann abholte, schien er ihr ruhiger
und nachdenklicher als sonst. Er ließ ihren Fahrstil erstaunlicherweise unkommentiert. Schon das war verdächtig, entweder hatte er
noch Schmerzen oder es beschäftigte ihn etwas.

Besorgt überlegte sie, ob es bei der Abschlussuntersuchung doch
Komplikationen gegeben hatte? Irgendwie schien er heute anders
zu sein. Er ließ sich sogar widerspruchslos auf eine Liege packen
und etwas bemuttern.

„Mir fehlt wirklich nichts, ich ruhe mich nur etwas aus, Engelchen.
Aber dein Spezialkaffee könnte mich vorm Dahinsiechen retten.
Für das, was man in der Klinik bekommst, ist die Bezeichnung
Kaffee schon eine Beleidigung.“

Fürs erste zufrieden ging sie in die Küche und machte echten Kaffee, ohne Kapseln und ohne Schnickschnack, aber mit einem
Hauch von Gewürzen, die ihr Mann besonders mochte. Er schien
etwas auf dem Herzen zu haben, also würde sie sich in Geduld fassen und zuhören. Gut, dass sie die Köchin heute schon nach Hause
geschickt hatte.

Ihre Geduld wurde schließlich doch noch belohnt. Nachdem Thomas den Kaffee wie ein Lebenselixier genossen hatte, holte er tief
Luft. „Glaubst du eigentlich an Träume? Ich meine nicht Wunsch-
träume, sondern Träume, in denen immer wieder das Gleiche vor-
kommt?“

Britt lächelte, was waren das für neue Töne bei ihrem praktisch veranlagten Mann?

„Ja, ich glaube daran. Meine Großmutter hat immer erzählt, dass sie meinen Großvater im Traum kennengelernt hatte. Und erst nachdem sie dreimal von ihm geträumt hatte und sich auch sein Bild richtig einprägen konnte, hat ihn das Leben geliefert, wie sie immer sagte. Sie hat ihn ganz genau dort getroffen, wo sie ihn auch im Traum gesehen hatte. Leider hatte mein Großvater nicht den gleichen Traum, aber sie hat ihn überzeugt, dass sie füreinander bestimmt sind. Und sie waren mehr als fünfzig Jahre miteinander glücklich.“

Thomas tastete nach ihrer Hand. „Als der Unfall passierte, war ich kurz weggetreten, ich habe nicht das Übliche gesehen, was immer erzählt wird, mein Leben im Zeitraffertempo oder so, aber ich hatte einen neuen, anderen Blick auf mein jetziges Leben und es gefiel mir nicht.“

Britt schob sich näher und legte den Arm um seine Schultern.

„Und was denkst du, was dir das sagen sollte?“

„Ich weiß es nicht genau“, stöhnte Thomas und rieb sich die Stirn. „Ich weiß ja, du magst dieses Leben, das wir haben, die Köchin, den Gärtner, die Putzfrau, das große Haus.

Wir sitzen in unzähligen Komitees und Wohlfahrtsverbänden, aber ist das eigentlich noch unser Leben?

Sind wirklich wir diejenigen, die dabei zählen oder eher Ruf und gesellschaftliches Ansehen. Ich möchte das alles nicht mehr.

Ich würde gerne wieder so leben, wie damals, als wir angefangen haben, aber ich will dich auch nicht verlieren…"

Britt versuchte vergeblich ihre Tränen zurückzuhalten.

„Du bist sonst so ein kluger Mann und kannst manchmal ein solcher Dummkopf sein. Ich dachte, du brauchst das ganze Gedöns, wie meine Großmutter gesagt hätte. Ich würde mit dir auch in einer Hütte leben, na ja, Warmwasser sollte schon sein.

Und ich würde liebend gerne meinen Garten selbst machen.

Aber können wir denn einfach so zurück, du hast doch die Firma, die Verantwortung, wie soll das denn gehen?"

Thomas holte erneut tief Luft, rückte auf der breiten Liege zur Seite, damit Britt sich an ihn kuscheln konnte.

„Ich habe dir noch nicht von meinem Traum erzählt. Den hatte ich jetzt schon dreimal, das muss was bedeuten, oder?"

Britt nickte gespannt.

„Im Traum sehe ich jedes Mal eine kleinere Stadt, ich bin noch etwas entfernt und stehe an einem Wegweiser. Ich habe keine Ahnung, wo das ist, aber ich fühle mich sowas von zufrieden, richtig glücklich und habe das Gefühl, endlich zuhause zu sein."

„Und du kannst nicht lesen, was auf dem Wegweiser steht?"
Britt sah ihn fragend an.

„Nein, er ist aus Holz, irgendwie urig verarbeitet, er riecht auch
nach Holz, falls das in einem Traum überhaupt geht. Und ich bin
überzeugt, ihn schon irgendwann mal gesehen zu haben."

„Schade, dass wir den Namen nicht wissen, sonst würden wir sofort dort hin fahren. Hast du außerdem etwas erkennen können, die
Umgebung oder was du anhattest?"

„Von der Umgebung nicht allzu viel, aber ich hatte meine alte
Latzhose an, wie früher, als ich die Möbel selbst gemacht habe.
Und ich bin überzeugt, wieso weiß ich nicht, dass dort in dieser
Stadt Karneval gefeiert wird."

„Ach, ich fasse es nicht. Weißt du wie lange das schon her ist, dass
wir richtig Karneval gefeiert haben?" Britt schmiegte sich wieder
in seine Arme.

„Erinnerst du dich noch, damals, als ich den roten Käfer gerade
neu hatte? Ich war so aufgeregt und wollte eigentlich mit Gabi
nach Italien fahren. Ohne Männer, denn mit denen hatte ich gerade
abgeschlossen. Und dann kam der berühmte Rosenmontag, wir
beide haben miteinander getanzt und ich war hin und weg, einfach
glücklich. Der ist es, dachte ich sofort. Jetzt hat es mich voll er-
wischt!"

Thomas lächelte, es tat gut, sich daran zu erinnern.

„Ich war auch hin und weg. Das weißt du und ich war so fürchterlich aufgeregt, als ich dir nur ein paar Monate später die alles entscheidende Frage gestellt habe. Ich hatte immer Angst, es kommt
noch einer und schnappt dich mir weg."

„Das ist schon so lange her", flüsterte Britt, „aber das ist es, was
ich mir für immer gewünscht habe, nur du und ich. Und nicht so
viele Leute, die uns die Zeit stehlen."

Thomas grinste sie an, fast so verwegen wie früher.

„Was hältst du von einem Neuanfang? Wir verschwinden einfach
und lassen den ganzen Protz und die Termine zurück."

Britt lachte, irgendwie befreit. „Du meinst einfach auf und davon?
Geht das denn?"

Thomas zog sie wieder in seine Arme. „Die Koreaner haben mir für
die Firma schon vor längerem ein gutes Angebot gemacht.

Sie würden auch den größten Teil der Produktion übernehmen, so
dass die meisten Arbeitsplätze gesichert sind.

Das Geld , dass sie für die Firma zahlen ist so viel, dass es für uns
beide für zwei Leben ausreicht. Für Claus und die Enkel haben wir
die Treuhandfonds, also könnten wir beide, nur du und ich, dort
leben, wo wir wollen."

Britt grinste, auch ihr Mann lächelte ihr verschwörerisch zu.

Wie zwei Schulkinder, die planen die Schule zu schwänzen, über-
legten sie, wie sie ihrem jetzigen, durchgeplanten Leben entfliehen
könnten.

"Wir schlagen einen Atlas auf und tippen mit geschlossenen Augen auf einen Punkt."

Britt verdrehte bei diesem Vorschlag ihres Mannes nur die Augen.

„Dann ziehen wir vielleicht an den Südpol oder noch schlimmer in
die nächste Großstadt! Ich habe eine andere Idee!"

Sie lief aus dem Zimmer und kam nach einer Weile mit Fotoalben
zurück, denen man ansah, dass sie schon öfter betrachtet wurden.

„Das waren unsere Urlaubsreisen ganz am Anfang, da war Claus
noch nicht geboren."

Noch während sie sprach, blätterte sie fast fieberhaft durch die Al-
ben und stieß einen Schrei aus, als sie gefunden hatte, was sie such-
te.

„Ha, ich wusste es doch! Sieh dir mal diesen Wegweiser an.
Kommt er dir bekannt vor?"

Verblüfft betrachtete Thomas das alte Foto. „Das ist er, das ist er
wahrhaftig! Wo war das?"

Britt blätterte weiter und lachte. „Eine kleine Stadt namens Wohlleben, vielleicht ist der Name Programm. Lass es uns einfach heraus finden."

Als Thomas nach seinem Laptop griff, schüttelte sie den Kopf.

„Wir finden es auf die altmodische Weise heraus, wir fahren hin, sobald du fahrtüchtig bist und das neue Auto hast. Dann werden wir wissen, ob es der richtige Platz für uns ist. Aber jetzt mache ich dir etwas zu essen und dann versuchst du zu schlafen."

Dieses Gefühl der Vorfreude blieb den ganzen Tag über und eine sonderbare Gewissheit, genau das Richtige zu planen. Natürlich hatte Thomas schnell noch in seinem Laptop nachgesehen, nur um die Strecke richtig zu berechnen, wie er versicherte. Aber was er sah, erhöhte die Vorfreude noch mehr.
In dieser Nacht liebten sie sich besonders innig. Britt hatte wegen seinen Verletzungen einige Bedenken, aber Thomas überzeugte sie völlig, dass er fast wieder der alte war.

Zwei Tage später begann das große Abenteuer. Sie verrieten nicht wohin es ging, niemand wurde eingeweiht. Nach zwei Stunden Fahrt schien es Britt, als könnte sie freier atmen und sie hätte schwören können, dass ein leichter Rosenduft in der Luft lag, obwohl es doch erst Anfang März war. Auch Thomas schien die veränderte Atmosphäre wahrzunehmen und grinste sie breit an.

Das Städtchen Wohlleben machte einen freundlichen Eindruck. Hübsche, gepflegte Häuser, saubere Straßen, freundliche Menschen. Sie fanden das kleine Hotel wieder, in dem sie schon einmal übernachtet hatten. „Da haben Sie aber Glück, dass einer meiner Gäste abgesagt hat", lachte die etwas mollige Wirtin. „Sonst ist um die Zeit alles ausgebucht."

Britt und Thomas sahen sich an und lächelten wieder. Alles fügte sich so, als würde auf jeder Straße stehen: Hier seid ihr genau richtig!

Nach einem wirklich guten Mittagessen bummelten sie durch die Straßen, Händchen haltend, wie frisch Verliebte.

Aus einem Haus kam eine junge Frau und öffnete gerade einen Schaukasten, um Fotos darin aufzuhängen.

Britt und Thomas traten interessiert näher, als sie sahen, dass es um Verkaufsangebote für Häuser ging. „Kommen Sie ruhig näher", rief die junge Frau. „Es ist schon selten, dass ich so ein gutes Angebot habe."

Britt`s Blick blieb sofort an den Hinweisen zu einem ziemlich großen Garten hängen, während Thomas wie gebannt auf Fotos einer kleinen Werkstatt hinter dem gepflegten Haus starrte.

„Wenn Sie interessiert sind, die Eigentümer wollen möglichst schnell verkaufen…" „Oh", Britt schaute etwas schockiert, „doch nicht etwa ein Todesfall?"

„Nein, nein." Die Maklerin lachte amüsiert. „Das absolute Gegenteil. Die Enkelin, die in Bayern wohnt, hat Vierlinge bekommen, da wird jede Hand gebraucht. Und als das Nebenhaus dort frei wurde,

haben sie sich entschieden, möglichst schnell ganz dorthin zu ziehen. So ein Kindersegen ist das schon wert. Dieses Haus ist zwar
noch nicht geräumt, aber sie können es anschauen, wenn sie mö-
gen."

Britt und Thomas sahen sich an und nickten gleichzeitig.

Das Haus entsprach genau dem, was sie erwartet hatten. Es lag am
Rand einer kleinen Anhöhe und leuchtete mit seinem hellgelben
Anstrich in der Frühlingssonne. Nicht mehr neu, aber sehr gut
gepflegt, dachte Britt und mit den Sonnenkollektoren auf dem Dach
auch ökologisch auf der Höhe.

Über dem großzügigen Erdgeschoss erhob sich das für die Gegend
typische Spitzdach mit zwei Erkern und wundervollen Blumen-
fenstern.

„Das Haus hat unten einen großzügigen Wohnraum, ein Schlafzimmer mit begehbarem Kleiderschrank, ein Bad plus Gästetoilette
und eine geräumige Küche mit Zugang zum Garten. Die Mansarde
ist durch das Spitzdach etwas kleiner, aber dort gibt es immer noch
3 kleinere Räume."

Die Maklerin versteht ihr Geschäft, dachte Britt, aber dieses Haus
hat wirklich genau die richtige Größe für uns. Und wenn uns Claus
und die Enkel besuchen, ist auch genügend Platz.

Thomas hatte inzwischen einen Blick auf die Küche geworfen.

„Schau mal Engelchen, hier passt doch endlich die kleine englische

Landhausküche aus der vorletzten Kollektion hinein, die dir so gut gefallen hat. Das wird richtig gemütlich."

Auf der Rückseite es Hauses bewunderten sie zwar den gelungenen Anbau eines großen, sonnigen Wintergarten, aber mehr noch jubelte Britt über den teilweise angelegten Rosengarten, der zwar nur drei weiße Bögen umschloss, aber vieles möglich machte.
Und Thomas strahlte über die Werkstatt, die geräumig genug war, um wieder selbst Holz in den Händen zu spüren.
Die Maklerin lächelte über ihre Begeisterung.
„Frau Fühmann war eine begeisterte Gärtnerin. Das hier sollte ein Duftgarten mit Rosen werden, alles kreisförmig angelegt und dort hinten sollte ein Pavillon stehen. Den wollte ihr Mann eigentlich dieses Jahr bauen, aber dann kamen die Vierlinge. Sie haben sicher ihre eigenen Ideen mitgebracht."

Britt und Thomas nickten und lächelten sich an, wieder ein Zeichen. So viel Übereinstimmung, das konnte doch kein Zufall sein.
„Herr Fühmann wird uns auch allen fehlen, er hatte ein Händchen für Holz und hat uns oft bei Festaufbauten geholfen."
„Aber da könnte ich auch helfen, wenn wir uns einig werden, oder?" fragend sah Thomas seine Frau an.

Auch Britt war sich schon sehr sicher. Natürlich müsste einiges am Haus gemacht werden, die Wände sollten schon ihre Lieblingsfarben haben und die kleine englische Landhausküche wäre das Sahnehäubchen.

Doch das entscheidende war die Atmosphäre, dieses sichere Gefühl, genau hier zuhause zu sein.

Das war das wirklich das Haus für ihr neues Leben. Man konnte kaum sagen, wer sich mehr freute, Britt über den bereits begonnenen Rosengarten oder Thomas über die Werkstatt. Sie verständigten sich nur kurz, denn eigentlich war alles klar. Natürlich würde der Anwalt von Thomas den Kaufvertrag noch gründlich prüfen, aber mit dem Herzen war bereits alles entschieden.

Wieder zurück im Hotel stießen sie nicht mit Champagner, aber mit einem guten Sekt auf ihr neues Leben an.

„Sie bleiben doch zu unserem Rosenmontagstanz?"

Die Wirtin sah sie fragend an.

Britt lachte und schaute ihren Mann bedeutungsvoll an. Wieder ein Zeichen.

„Aber Rosenmontag war doch schon." Ihr praktischer Mann ließ sich nicht so leicht überzeugen.

„Ja, natürlich", lachte die Wirtin, „so weit hinter dem Mond sind wir doch nicht. Aber unsere Gruppen treten am Rosenmontag immer bei den großen Karnevalsvereinen auf und deshalb feiern wir nach."

Britt nahm die Hand von Thomas und strahlte die Wirtin an.

„Wir kommen gerne, wir haben uns nämlich am Rosenmontag kennengelernt."

„Oh, da sind sie ja noch frisch verliebt."

„Das stimmt", entgegnete Thomas und legte den Arm um seine Frau. „Und das schon 40 Jahre."

Wenn Träume in Erfüllung gehen

Jenny Storm schnitt die große Zwiebel so vorsichtig, wie sie konnte. Wie immer flossen die Tränen, egal ob sie das Messer oder die Zwiebel anfeuchtete oder nicht. Während sie vor sich hin schniefte, kam Frank, einer ihrer ältesten Freunde in die Küche.
„Oh, du weinst, ist was Schlimmes passiert?" Jenny schüttelte den Kopf und deutete auf das Brett. „Es ist nur wegen der Zwiebel!"

„Ach, ihr Vegetarier, ihr müsst immer übertreiben!" Jenny schlug mit dem Geschirrtuch nach ihm. „Scherzkeks. Das ist für einen Zwiebelkuchen. Die Mutter von Andreas steht auf so etwas und ich möchte ein paar Pluspunkte sammeln." „Gut, ich befürchtete schon du machst für heute Zwiebelsuppe?" „Nein, du kannst beruhigt sein, es gibt Möhrchen, du könntest schon den Tisch decken. Dein Pech, du bist der erste."

Nach und nach trudelten alle ihre Freunde zum monatlichen Eintopfessen ein. Letty, mit den dunklen Locken, die in einem Baumarkt arbeitete, kam gemeinsam mit ihrem Freund Peter, dem Alleskönner, was Bau betraf. Die rotblonde Chrissy kündigte wie immer ihr Erscheinen mit dem Klimpern ihrer Armreifen an, natürlich war sie auch entsprechend kreativ gestylt, mit moosgrünen Jeans und einem fließenden Oberteil, das grün-orange schimmerte.

Jenny betrachtete Chrissy immer etwas neidisch. Sie selbst mit ihren glatten, blonden Haaren, dem praktischen Pferdeschwanz und dem ganz normalen Aussehen, würde nie solche Sachen tragen können. Aber an Chrissy sah es gut aus und da sie in einer Boutique arbeitet, kannte sie auch immer die neuesten Trends.

Als letzter kam Andreas, ihr Partner, etwas abgehetzt an und küsste sie, ein wenig zu flüchtig für ihren Geschmack.

„Bin ich froh, dass du pünktlich warst. Mein Chef hat mich wieder ewig aufgehalten. Aber jetzt kann unser Eintopfessen beginnen."

Nachdem Jenny alle Teller gefüllt hatte, war einige Zeit kaum etwas zu hören.

„Möchte noch jemand Nachschlag?" Erwartungsvoll schaute Jenny in die Runde ihrer Freunde. Natürlich hob sich an dem großen runden Tisch nur eine Hand. Frank, der Längste und Dünnste von allen.

„Ich beneide dich echt", stöhnte Letty, die immer ein wenig rundlicher war als die anderen und ständig mit ihrem Gewicht kämpfte.

„Mich verfolgen die Pfunde wie ein Schwarm Wespen. Wenn ich denke, jetzt bin ich sie los, sind sie schon wieder da. Das ist so ungerecht. Du kannst essen soviel du willst und siehst immer noch aus, als hättest du gerade in einem tibetischen Kloster gefastet."

„Dort würde ich nur hingehen, wenn sie Jennys Eintöpfe nachkochen." Frank lachte und widmete sich dann genüsslich seinem

Nachschlag aus indischer Möhrensuppe, genauer Mulligatawny, die Jenny mit viel Hühnerfleisch auch für Männer essbar gemacht hatte.

„Wenn ich deinen Stoffwechsel hätte", seufzte Letty, „dann könnte ich jeden Tag backen, was mir Spaß macht."

„Du solltest deine Kuchen und Plätzchen verkaufen, sie schmecken super und sind auch noch gesund. Wo gibt es denn sonst so was?" Peter, ihr Freund und größter Nutznießer von Letty`s Backleidenschaft, legte ihr den Arm um die Schultern.

Letty schüttelte traurig den Kopf. „Dazu müsste ich mindestens eine Küche mit einem Profibackherd haben und besser noch zwei Räume, in denen gebacken und verkauft wird. Dann könnte ich mich endlich beim Baumarkt ausklinken."

Fragend wandte sie sich Jenny zu. „Hast du denn schon Praxisräume gefunden?"

Jenny schüttelte ebenfalls den Kopf. „Als ich meine Ausbildung zur Heilpraktikerin gemacht habe, schien mir das alles so leicht. Wir waren überzeugt, die Welt wartet auf uns. Na ja, Patienten habe ich auch reichlich, aber ich könnte viel mehr machen, wenn ich Räume hätte."

Nach ihrem Abschluss hatte Jenny Platz in einer Gemeinschaftspraxis gefunden, allerding nur an zwei Tagen in der Woche. Ihre Angebote zum Stressabbau für Frauen waren sehr beliebt, deshalb hätte sie gerne größere und vor allem schönere Räume gehabt, auch mit viel Platz für Körperarbeit.

Aber bis jetzt waren alle Versuche ergebnislos gewesen. Im Fitness-Studio, in dem sie während der restlichen Woche arbeitete, war fast jeder Besucher informiert und viele hätten ihr auch gerne geholfen, aber der Immobilienmarkt war etwas schwierig, wie der Makler betont hatte.

Dabei wäre jetzt gerade einiges machbar gewesen. Vor kurzem war sie mit Andreas zusammengezogen, den sie schon ewig kannte und seit dem Sandkasten liebte.

Beide sparten eisern für ein gemeinsames Projekt, das ihre Träume realisieren sollte und außerdem waren da noch die 20.000 Euro, die Jenny von ihrem unbekannten Vater geerbt hatte.

Er hatte ihre Mutter schon vor Jennys Geburt verlassen, um die Welt zu erobern, was ihm offenbar gelungen war, zumindest finanziell.

Andreas, der inzwischen Glühwein und heißen Tee ausgeteilt hatte, nahm den Faden auf.

„Am besten wäre es, wir würden ein Haus finden, in dem wir alle Platz hätten. Jenny mit ihrer Praxis, Letty mit einem Cafe…"

„Und wir mit unserem Ausbaubetrieb", ergänzte Frank. „Ich hoffe nicht, dass dein Chef etwas über das Dachausbau-Konzept erfahren hat, manchmal wird ja viel geredet?"

„Aber so blöd sind wir doch nicht!" Peter lehnte sich empört über den Tisch. „Andreas hat das Ganze in seiner Freizeit entwickelt, kriegt sein Chef was mit, ist er es los. Und wir mit ihm unsere Gründungsidee."

„Beruhigt euch, unser Konzept ist sicher und immer noch einzigartig."

An die Frauen gewandt erklärte er sehr überzeugend. „Die Hausbesitzer werden uns die Füße küssen, wenn wir schnell und ohne größere Investitionen zusätzliche Mietwohnungen in den besten Lagen zaubern können. Fürs erste reichen wir drei allemal aus, Frank macht alle Installationen, Peter ist verantwortlich für den Innenausbau und Feinarbeiten, ich mache die Pläne und helfe überall, wo es klemmt. Das einzige was wir brauchen, ist ein Standort für unsere Firma, das könnte auch eine ausgebaute Garage sein. In einer Garage haben schon viele angefangen, die heute Millionäre sind."

„Da wäre ich auch dabei! Ihr müsst mir nur ein Plätzchen für meine Boutique einräumen." Überrascht drehten sich alle zu Chrissy.

„Ich dachte, du fühlst dich gut, das wo du bist. Du hast doch nie etwas gesagt?" Letty`s Stimme klang fast vorwurfsvoll.

„Ach wisst ihr", Chrissy klimperte ausgiebig mit ihren Armreifen, wie immer wenn sie verlegen war, „ihr redet alle von was Eigenem. Das hätte ich auch gerne, mir reicht auch ein kleiner Stand, wo ich verkaufen kann, was ich toll finde. Ich muss nicht alles selbst de-

signen, soviel Ehrgeiz habe ich gar nicht. Aber ich habe einige Bekannte, die richtig flippige Sachen machen, tolle Westen aus Leder
oder bemalte Taschen. Sowas verkauft sich supergut, aber meine
Chefin mag nur anerkannte Designer."

„Okay", fasste Jenny zusammen, „wir wissen jetzt alle, was wir
wollen, wovon wir träumen. Darauf sollten wir schon mal trinken.
Nicht allen ist das so schnell klar."

Nachdem das ausreichend flüssig anerkannt war, setzte sie fort.

„Bleibt die zweite Frage:

Was können wir tun, damit unserer Träume nicht nur Schäume
bleiben, wie meine Oma gesagt hätte. Oder anders ausgedrückt:
Wie finden wir das Objekt der Begierde? Im Immobilienteil sicher
nicht. Die Makler habe ich auch schon durch. Hat jemand noch
eine gute Idee? Brainstorming ist angesagt!"

Vielleicht lag es am Wein, vielleicht befeuerte auch der heiße Tee
die Gedanken, es hagelte eine Menge Vorschläge, nur dass Jenny
bei den meisten schon abwinkte. „Das haben wir schon ausprobiert.
Wir brauchen etwas Neues."

Nachdem sich alle ratlos anstarrten, meldete sich Chrissy.

„Was haltet ihr von Inkubations-Träumen?"

„Ach, hast du wieder einen esoterischen Kurs besucht? Vom Träumen realisiert sich kein Projekt", spottete Frank.

Chrissy drehte sich ihm wütend zu. „Sei vorsichtig! Mit mir ist

heute nicht gut Kirschen essen!" Und mit einem freundlicheren
Blick zu Jenny, die gerade eine Schale mit dunklen Pralinen auf
den Tisch stelle. „Aber Schokolade geht!" „Da hast du recht", lachte Jenny. „Schokolade stellt keine dummen Fragen, Schokolade
versteht! "

Frank schaute leicht beleidigt in die Runde. „Wie könnt ihr nur so
herzlos sein. Männer haben auch Gefühle." „Ja, Hunger zum Beispiel!" Jenny lachte noch mehr, als sich ihr die Runde anschloss.

Nachdem das Kichern aufgehört hatte, griff sie Chrissy`s Vor-
schlag auf. „Das ist eigentlich gar keine schlechte Idee. Soweit ich
weiß, haben die alten Griechen den Tempelschlaf genutzt, um ihr
Inneres zu befragen und dabei im Schlaf die Lösungsideen förmlich
ausgebrütet, daher der Name. Richtig so?"
Chrissy nickte dankbar für die Unterstützung.
„Wir könnten es doch einfach probieren und heraus finden, ob wir
auf dem richtigen Weg sind oder Hirngespinsten nachjagen."
Jetzt wandelten sich die kritischen Blicke in eher interessierte.

Nur Frank war noch nicht überzeugt. „Ich kann doch meinem Kopf
nicht befehlen, was er träumen soll und möglichst noch eine gute
Idee. Das geht doch nicht!"
Ausgerechnet sein Freund Peter schüttelte darüber den Kopf.
„Jetzt verstehe ich dich nicht! Hast du noch nie erlebt, dass du ein

Problem bedacht hast, als du schlafen gingst und morgens plötzlich Peng, war dafür eine Lösung da! Ich habe das oft und deshalb auch immer einen kleinen Block neben dem Bett zu liegen."

„Ist es das, was du meinst Chrissy?"

Andreas versuchte wie immer, größere Differenzen zu vermeiden und eher zu vermitteln. Chrissy kramte in ihrer Tasche nach ihren Notizen und las dann aus ihrer Handlungsanleitung vor:

„1. Jeder legt für sich fest, wovon er träumen möchte, wofür er Ideen braucht.

2. Mit diesem Thema sollte man sich auch im Wachzustand intensiv beschäftigen, wie das Brainstorming eben, Wunschbilder basteln oder ähnliches.

3. In der Einschlafphase soll man kurz und konkret formulieren, worum es geht, wer kann, sollte es auch eingehend visualisieren.

4. Morgens notiert man alles, was vom Traum noch in Erinnerung ist.

5. Man braucht Geduld. Die körpereigene Kreativzentrale hat ihr eigenes Tempo."

„Also für mich hört sich das sehr gut an. Ich werde mich beim Einschlafen richtig in mein kleines Cafe hinein träumen. Und wehe, du kommst mir dabei in die Quere!"

Peter störte sich nicht sehr daran, dass Letty ihn am Oberarm boxte, er nahm sie lachend in die Arme. „Es wäre mir natürlich lieber, wenn du beim Einschlafen von mir träumst, aber was tut man nicht alles für einen guten Zweck!"

„Sind alle einverstanden? Dann sollten wir uns nächste Woche austauschen. Wer ist nächste Woche dran?"

Andreas sah fragend in die Runde. „Wir treffen uns bei mir!" Frank betonte das so, als hätten alle etwas vergessen.

„Nächste Woche ist März, da beginnt für mich der Frühling. Und Frühling bedeutet An-Grillen!"

Das An-Grillen fand statt. Der Frühling verspätete sich leider, so dass jeder nur schnell seine Bratwurst, sein Steak oder den Halloumi-Spieß schnappte und schnell wieder ins Warme eilte.

Selbst Frank, der eisern auf seinem Ritual bestand und dem scharfen Wind trotzte, war froh, als er die letzten Sachen vom Grill nehmen und sich im Haus aufwärmen konnte.

Frank wohnte noch bei seinen Eltern, hatte sich aber den Dachboden zu einer gemütlichen Bude ausgebaut, in der sich die Freunde gerne aufhielten.

Alle saßen enggedrängt um den runden Holztisch, den Frank und Peter in einem Altbau gefunden hatten und ließen sich das Essen und den heißen Tee schmecken. Alkohol war während des Traumexperiments gestrichen worden.

Als erster meldet sich Andreas zu Wort, noch etwas unsicher, ob das was er geträumt hatte, überhaupt wichtig wäre.

„Ich habe mich auf den Dachaufbau konzentriert und mir vorgestellt, wie wir drei in einem hellen, modernen Raum die Aufgaben verteilen. Alles, was bei mir angekommen ist, war der Blick auf Karten und der Begriff Bebauungsplan. Fragt mich nicht, was das bedeuten soll. Auf jeden Fall habe ich mir alles, was von diesem Plan öffentlich ist, heruntergeladen und ausgedruckt. Auch wenn ich noch keine Idee habe."

„Bei mir ist es ähnlich", setzte Jenny fort, „ich visualisiere meine Praxisräume, viel Licht, weiße Wände, echte Holzmöbel, helles Parkett, große Grünpflanzen und alles, was ich träume sind Schwaden von Dampf. Soll ich jetzt lieber eine Sauna aufmachen oder was?"

Peter grinste und lehnte sich auf dem bequemen Stuhl zurück.

„In Puncto kryptische Aussagen, könnte ich auch etwas beisteuern. Das einzige, an das ich mich erinnere, sind Gleise. Keine neuen, eher alte, so mit Holzschwellen von früher. Vielleicht sollte ich Lokführer werden oder was denkst du Chrissy?"

Chrissy lachte zwar, aber man spürte, dass sie sich ihrer Sache auch nicht mehr ganz sicher war. „Was wir jetzt brauchten, wäre eine Übersetzung oder Deutung. Es gibt zwar solche Bücher, darum müsste ich mich kümmern. Ich bin auch mit meinen eigenen Träumen nicht klargekommen. Permanent sehe ich eine Baustelle. Nichts Großes mit Kran, sondern eher ein älteres Haus. Vielleicht habe ich eurem Dachausbau zu sehr zugehört."

Alle Gesichter wandten sich jetzt Letty zu.

„Hoffentlich kannst du uns erleuchten." Andreas sprach aus, was alle erwarteten.

„Ich bin genauso verwirrt, wie ihr. Mein Cafe sollte vor allem gemütlich sein, sanfte Farben, so zwischen Rosè und Violett, ruhig, höchstens leise Musik. Große Grünpflanzen, um die Tische voneinander zu trennen, so dass man sich ungestört fühlen kann. Ein richtiger Rückzugsort zum Entspannen und Wohlfühlen.

In meinem Traum jedoch kommen Menschen herein und zwar viele und gehen dann, wie auf ein Signal wieder hinaus. Soll das heißen, dass mein Cafe eine schlechte Idee ist? Das kann ich einfach nicht glauben. Darüber grüble ich schon die ganze Woche nach, ich muss echt Knoten im Gehirn haben."

„Der erste Eindruck täuscht oft." Chrissy beugte sich nachdenklich vor. „Was könnte denn das alles zusammen noch bedeuten?"

„Ich tippe auf einen Bahnhof", rief Frank, der von draußen kam, wo er die Glut gelöscht und den Grill verstaut hattet."Ich habe jedenfalls eine alte Dampflok gesehen."

„Ein Bahnhof?" „Wieso denn ein Bahnhof?"

Das Stimmendurcheinander hielt an, bis Andreas, der seinen Laptop zu Rate gezogen hatte, aufstöhnte und rief: „Wir sind echt Idioten! Das passt doch wirklich alles gut zusammen.

Laut Bebauungsplan wird in diesem Jahr im Südosten der Stadt ein neues Wohngebiet entstehen, sowohl Einfamilienhäuser als auch Mietwohnungen. Da war früher der alte Bahnhof, der längst geschlossen ist. Dort sind noch Dampfloks gefahren und da gibt es auch noch die alten Gleise."

Nachdem er den Bereich gegoogelt hatte, zeigte er ihnen das alte Bahnhofsgebäude. „Das steht zum Verkauf, für einen lächerlichen Preis."

Frank zog sich den Laptop näher, um das Haus mit den Augen zu verschlingen. „Das sollten wir uns näher ansehen, groß genug wäre es, aber da gibt es bestimmt einen Haken."

„Und saniert werden muss es auch", bestätigte Peter.

„Allerdings könnte es auch unser Vorzeigeobjekt werden und durch das neue Wohngebiet hätten unsere Mädels auch jede Menge Kundschaft."

Andreas, der damit beschäftigt war die Verkaufsofferte über Franks Drucker auszudrucken, hatte nur mit halbem Ohr zugehört.

„Leute, es gibt möglicherweise ein Problem. Der Bahnhof hat schon einen privaten Besitzer. Der Makler macht darauf aufmerksam, dass die letzte Entscheidung nur durch den erfolgt. Ich habe aber keine Ahnung, wer das sein könnte."

„Lass uns doch erstmal den Grundriss anschauen, die Lage ist doch toll."

Jenny beugte sich über den Laptop. „Ist das dort hinten ein See? Letty, dann könntest du sogar ein Terrassen-Cafe mit Blick zum See bekommen!"

„ Es gibt neben dem Erdgeschoss noch zwei Etagen. Der Platz reicht dicke für alle unsere Ideen, wir sollten uns das Objekt ansehen und wenn alles okay ist, werden wir uns bewerben."

Mit einem Blick auf die Ausschreibung ergänzte Andreas noch.

„Aber viel Zeit sollten wir uns nicht lassen. Prüft schon mal euer Sparschwein oder die Bereitschaft der Bank. Außer Jenny brauchen wir wahrscheinlich alle einen Kredit. Auch wenn wir vieles selbst machen können."

„Hat eigentlich jemand noch etwas anderes geträumt? Etwas was vielleicht gar nicht dazu passt?" Chrissy schien die ganze Traumgeschichte viel zu normal zu verlaufen.

„Das stimmt", Jenny lachte, „ich habe geträumt, dass wir tanzen waren. Aber das hängt wahrscheinlich mit Franks Kumpel Lars zusammen. Der sucht hier auch noch einen Raum zum Tanzen. Er hat uns überredet, dann beim Line Dance mitzumachen. Er gibt Kurse für Paare und behauptet, das wäre das A und O für eine gute Beziehung."

„Ach Tanzen würde ich auch gerne mal wieder, aber die nächste gute Disco ist erstens zu weit entfernt und zweitens nur noch unter 25 zu betreten. Dafür bin ich schon zu alt."

Letty, die genau wusste, dass ihr Peter widersprechen würde, lehnte sich schon erwartungsvoll zurück. Aber diesmal war es Frank, der nur „Fishing for Compliments" murmelte und sich dann wieder den Plänen zuwandte.

„Sehr euch mal den Bebauungsplan an. Also ich sehe da nur Wohnungen und gerade mal zwei Supermärkte. Da ist keine Kultur, da ist nur eine fette Null. Vielleicht können wir mit unseren Räumen da eine Lücke füllen. Dann könnt ihr dort auch tanzen. Aber vielleicht will der Eigentümer noch was anderes. Wir sollten flexibel sein."

Und das schien das Credo für das alles entscheidende Gespräch mit dem Eigentümer zu sein.

Alle hatten sich vorher das Gebäude gründlich angesehen, Räume ausgemessen, Wände abgeklopft, sogar einige alte Stücke gefunden, die sie mit nutzen wollten, wie die alten Eisenbahnbänke und sogar noch eine Glocke, mit der die Abfahrt angekündigt wurde.

Andreas hatte erste Skizzen angefertigt, wie sie sich die Nutzung der Räume vorstellten und Jenny hatte mit Letty und Chrissy einige Kalkulationen vorbereitet.

Jetzt saßen sie hochkonzentriert und auch ein wenig aufgeregt im Wartebereich einer Vermögensverwaltung.

Natürlich waren sie neugierig auf den Eigentümer und sehr überrascht, als ihnen der Notar eine alte Dame vorstellte, die älter als ihre Großmütter war. Klein und zart, mit gelocktem schneeweißem Haar, erwies sie sich aber als durchaus kompetent.

„Dieses Bahnhofsgebäude wurde von meinem Großvater erbaut, das können Sie nicht wissen, dafür sind Sie alle viel zu jung. Als der Bahnhof geschlossen wurde, habe ich das Gebäude gekauft, damit es nicht abgerissen wird.

Ich finde heute wird Altes viel zu schnell entfernt und durch seelenlose Neubauten ersetzt. Aber wohin gehen Sie, wenn sie eine fremde Stadt besuchen, doch eher in die Altstadt oder?"

Alle nickten überrascht, während die alte Dame fortsetzte.

„Wenn ein neues Wohngebiet entsteht, könnte der alte Bahnhof so etwas wie ein wiedererkennbares Wahrzeichen sein, ein Gefühl, dass man da zu Hause ist. Deshalb ist mir das Nutzungskonzept sehr wichtig. Lassen Sie doch mal hören."

Es schien ihr zu gefallen, was Andreas erläuterte und Jenny, Letty und Chrissy ergänzten, aber erst als Frank vorschlug, die Räume so variabel zu gestalten, dass die ehemalige Bahnhofshalle auch ein größerer Veranstaltungssaal für das gesamte Wohngebiet sein könnte, strahlte sie über das ganze Gesicht.

Und der Rest war Geschichte, dachte Jenny, als sie am Tag der
Einweihung mit ihren Freunden dem ehemaligen Bahnhof zustreb-
te.

Die alte Dame, eine früher berühmte Opern Diva, hatte sich sehr
gefreut, dass sie ihren Wünschen gerecht geworden waren. Und
heute würden sie zeigen können, wie viel mehr sie eigentlich geschafft hatten, um wie viel mehr sie ihre kühnsten Träume überboten hatten. Inzwischen war ein halbes Jahr vergangen, eine Zeit, in
der sie alle an ihre Grenzen und darüber hinaus gegangen waren.

Aber das Ergebnis ließ die unzähligen Stunden, in denen sie geplant, tapeziert, gestrichen, geputzt, Boden verlegt, gefliest und
Vorhänge genäht hatten, vergessen.
Das alte Bahnhofsgebäude mit seinen Fachwerkfronten strahlte in
neuem Glanz.
Die Zufahrtsstraße war befestigt und hinter einigen größeren He-
cken ein Parkplatz angelegt worden.
Alles leuchtete noch üppig und grün an diesem Spätsommertag. Sie
waren zum Glück eher fertig geworden als die Baufirmen im
Wohngebiet, aber erste Mieter waren auch dort schon eingezogen
und mindestens so neugierig, wie sie auf den „Tag der offenen
Tür", der für sie alle ein neues Kapitel ihres Lebens bedeutete.

„Ach, ich bin so aufgeregt!" Letty hatte das Gefühl, dass jeder ihr laut klopfendes Herz hören müsse.

„Wir haben gestern noch alles für die kleinen Snacks vorbereitet und gebacken, wie die Weltmeister, hoffentlich schmeckt es auch allen."

Peter legte den Arm um ihre Schulter und verstand es wie immer, sie zu beruhigen.

„Schatz, wer deinen Kuchen nicht mag, hat keinen Geschmack und überschätzt die paar Kalorien!"

Chrissy lachte, denn sie liebte Letty`s Kuchen ganz besonders.

„Meine Großmutter hat immer gesagt: *Kuchen macht nicht dick. Er zieht nur die Falten glatt.* Nicht, dass wir schon welche hätten!"

Jenny, die vor der Tür stehen blieb, warf einen zufriedenen Blick auf das Haus. „Könnt ihr euch noch erinnern, wie es hier ausgesehen hat, als wir angefangen haben?"

„Sehr gut", rief Letty, wir mussten mindestens eine Tonne Schmutz und Schutt entfernen. Dabei habe ich zwei Fingernägel verloren, zwei Kilos wären mir lieber gewesen."

Crissy klopfte ihr tröstend auf die Schulter.

„Aber jetzt hat jeder, was er sich erträumt hat. Ich habe meine schicke Mini-Boutique, in der ich jeden Tag etwas anderes anbiete. Heute gibt es Western- und Country- Klamotten und Schmuck, passend zur Line-Dance-Party heute Abend. Jenny hat ihre wun-

derschönen Praxisräume oben und Letty ihr lila Cafè „Schoko-
himmel" mit mir als Stammgast."

Und mit klimpernden Armreifen entfernte sich Chrissy.

„Aber wenn mein Superarchitekt, nicht auf die Idee gekommen
wäre, den alten Aufzugschacht für einen modernen Lift zu nutzen,
hätten wir echt Probleme gekriegt."

Jenny strahlte Andreas an und der freute sich mit ihr, wie alle an
diesem Tag. Sie war froh, mit dem Fahrstuhl auch einen Praxiszu-
gang für Gehbehinderte zu haben und auch die Kunden des Aus-
baubetriebes in der zweiten Etage, wussten den Komfort des Liftes
in diesem alten Gebäude zu schätzen.

Der Clou des Ganzen aber, war nach Meinung aller, der sehr ge-
schickte Einbau von Schiebetüren, mit denen aus dem Café und
den Trainingsräumen von Jenny und Lars, dem Line-Dancer, ein
einheitlich großer Raum entstand, in dem kleinere Konzerte möglich waren, Kabarettisten auftreten oder wie heute Partys stattfin-
den konnten.

Die ersten Veranstaltungen hatten sie schon gemeinsam geplant
und bereits viele Interessenten gefunden.

„Jetzt kann es richtig losgehen!" Jenny klang fast feierlich.

„Alles ist so, wie wir uns das damals erträumt haben."

Frank, der gerade noch die Veranstaltungshinweise auslegte und sich zur Überraschung aller mit Chrissy zum Paartanz angemeldet hatte, schaute ihr über die Schulter und grinste.

„Geträumt haben wir von einem Bahnhof. Alles andere ist nicht im Traum passiert."

Jenny grinste ihn an. „Na und! Walt Disney hat mal gesagt, *Träume gehen am schnellsten in Erfüllung, wenn man aufwacht.* Also haben wir alles richtig gemacht."

Für immer und ewig

Johanna Becher stand an der Bar des schicken, neuen Clubs und fühlte sich unbehaglich, trotz des teuren nachtblauen Kleides, das sie sich geleistet hatte. Tagelang hatte ihr ihre Freundin Sally in den Ohren gelegen.

„Du musst endlich wieder unter die Leute gehen, nicht alle Männer sind solche Betrüger, wie dein Ex."

Sie wusste, dass Sally recht hatte, aber das änderte nichts daran, dass sie sich unwohl fühlte. Neben ihrer Freundin, die gerade mit dem Mann neben ihr flirtete, ihn mit ihren grünen Augen anstrahlte und temperamentvoll die roten Locken nach hinten warf, wer sollte sie da überhaupt wahrnehmen?

Höchstens ein Loser, der auf Mauerblümchen stand. Sie betrachtete ihr Bild im Spiegel hinter der Bar. Alles ziemlich langweilig. Lange schwarze Haare, nichts Besonderes, keine Locken, keine Strähnchen. Na ja, die Augen vielleicht, aber wie sollte man das nennen? Eine Farbe zwischen dunkelblau und violett, war das schon etwas Besonderes?

Während ihre Freundin äußerst kreativ war, als Model angefangen hatte und heute selbst Kleidung für junge, karrierebewusste Frauen entwarf, war sie Disponentin in der Spedition ihres Vaters, wie langweilig. Wen sollte sie damit beeindrucken?

„Entschuldigung, kennen wir uns nicht?" Johanna drehte sich un-
willig um. „Das ist so ziemlich der dümmste Spruch, um jemanden
anzubaggern." Schon als sie das sagte, tat es ihr leid, den Mann so
abzukanzeln. Schlecht sah er nicht aus, etwas größer als sie, gut
durchtrainiert, dunkelbraune Haare, kurz geschnitten und sanfte
graue Augen. Und er schien auch nicht der Typ zu sein, der auf
eine schnelle Anmache aus war, denn davon hatte sie einige zur
Genüge kennengelernt. Nach der Trennung von ihrem Ex hatten
viele geglaubt, dass sie jetzt für schnellen Trost zugänglich sei.
Aber sie hatte ihr Herz vor Kummer fest verschlossen. Vielleicht
nur vorübergehend, vielleicht für immer? Möglicherweise brauchte
es auch nur eine gründliche Renovierung.
Natürlich konnte das der Mann vor ihr nicht wissen, aber er ließ
sich auch so nicht einfach abschrecken.
Seine dunklen Brauen zogen sich gerade zusammen und er sah verlegen aus. „Tut mir wirklich leid, ich wollte Sie nicht belästigen,
aber ich bin der festen Überzeugung, dass ich Sie schon irgendwo
gesehen habe!" Sein Deutsch hatte einen leichten Akzent, war das
französisch oder belgisch?
Er klang ernsthaft und nur deshalb ließ sie sich darauf ein.
„Vielleicht haben Sie etwas transportieren lassen? Mein Vater hat
eine Spedition." „Nein, nein, es war woanders. Haben Sie mit dem
Theater zu tun?"
Jetzt wurde Johanna verlegen, sprach er doch Dinge an, die sie ge-

heim hielt. Sie lächelte und winkte ab. „Nur mit Laientheater und wir hatten noch gar keine Premiere."

Er schüttelte den Kopf und die Augenbrauen zogen sich wieder zusammen. „Ich würde das gerne weiter besprechen, aber hier ist es zu laut. Nicht weit von hier ist eine kleine Weinstube. Darf ich Sie zu einem Glas Pinot Noir einladen? Ich bin übrigens André."

Johanna schaute zu ihrer Freundin, die gerade mit ihrem Nachbarn auf Tuchfühlung zu gehen schien und ihr nur den erhobenen Daumen zeigte.

„Gerne, ich heiße…." „Sagen Sie es bitte nicht, ich werde es erraten", unterbrach er sie lächelnd. Und das Lächeln, das ihn so sympathisch machte, behielt er bei, als sie in besagter Weinstube in einer Nische Platz fanden.

Johanna sah sich neugierig um, sie hatte sich wirklich sehr lange zurückgezogen, da war ihr einiges entgangen. Die kleine Weinstube lag im Kellergeschoss eines großen Handelshauses und man hatte sehr geschickt das alte Mauerwerk und die Spitzbögen genutzt um eine urige, gemütliche Stimmung zu schaffen. Von den schweren Vorhängen bis zu den Samtpolstern und den großen Kerzenleuchtern war alles stimmig. Hier kann man sich wohlfühlen, dachte Johanna, als sie ihre Blicke schweifen ließ.

Aber ein wenig zu warm schien es zu sein oder war das eine Luftspiegelung?

Plötzlich sah sie Andre, der ihr gegenüber saß, in einer anderen
Zeit oder in Kleidung von früher, mit einem Zopf, einem dunkel-
blauen Gehrock, einer roten Weste und einem geschlungenen
Halstuch unter dem weißen Kragen.

Er sah auch damit sehr gut aus, aber Johannas Herz klopfte wegen
der unmöglichen Wahrnehmung erschrocken und sie erblasste.

„Geht es ihnen nicht gut, Johanna? Brauchen sie ein Glas Wasser?"
Andre kümmerte sich rührend um sie.

Johanna atmete auf, denn jetzt sah er wieder ganz normal aus.

Sie versuchte einfach darüber hinweg zu gehen. Vielleicht lag es an
ihrem Interesse für Theater und Kostüme, vielleicht hatte sie auch
so etwas wie einen Tagtraum? Moment!

„Wie haben Sie mich eben genannt?"

Andre lächelte sein besonders sanftes Lächeln. „Johanna. Heißen
Sie denn nicht so?"

„Doch schon, aber woher wissen Sie das? Haben Sie ihn in der Bar
zufällig gehört?"

Andre schüttelte den Kopf. „Nein, aber das ist eine lange Geschichte. Wir sollten erstmal anstoßen, damit Sie nicht mehr so blass
sind."

Auch nachdem sie einen großen Schluck von dem kräftigen Rot-
wein genommen hatte, fühlte sich Johanna noch sehr verwirrt.

„Wenn Sie eine Geschichte zu erzählen haben, sollten sie anfangen,
sonst könnte es eine lange Nacht werden."

„Gut", lächelte Andre, „aber Sie dürfen mich nicht auslachen. Ich will Sie nicht belügen, aber das alles hört sich unglaublich an. Wie Sie vielleicht an meiner Aussprache gehört haben, komme ich aus Frankreich, das heißt ich bin im Elsass geboren, lebe aber schon sehr lange in Deutschland. Seit ich 16 bin träume ich häufig von einem Mädchen mit schwarzen Haaren und Veilchenaugen. Ich weiß nicht viel über dieses Mädchen, nur dass sie Johanna heißt und genauso aussieht wie Sie."

Normalerweise hätte Johanna bei solchen Anspielungen nur gelacht, aber hatte sie vorhin nicht auch etwas Sonderbares wahrgenommen? Sie räusperte sich und versuchte seinen Gesichtsausdruck einzuschätzen.

„Als Sie dieses Mädchen in Ihrem Traum gesehen haben, war sie da normal gekleidet, so wie ich?" Andre versuchte sich genau zu erinnern und zog die Stirne kraus.

„Nein, es waren andere Kleider, so etwas wie eine Tracht, wie man sie manchmal im Schwarzwald trägt." Johanna lächelte, jetzt war sie sich wieder sicher.

Sie zog ein Foto aus ihrer Tasche, das sie als Bärbele in der Operette „Schwarzwaldmädel" zeigte.

Bisher hatte es nur eine Voraufführung gegeben, aber schließlich hätte er auch noch einen der älteren Film gesehen haben können. Doch er schüttelte den Kopf.

„Sie hat keinen Hut mit roten Bällen auf dem Kopf, sondern so
etwas Kleines, Goldenes, fast wie ein Krönchen.

Aber die Tracht müsste Schwarzwald sein, deshalb dachte ich, ich
hätte sie da gesehen."

Johanna schüttelte den Kopf ganz entschieden. „Ich war noch nie
im Schwarzwald, obwohl ich dort schon immer mal hin wollte.

Irgendwas an dieser Gegend zieht mich an."

„Noch ein Grund, warum wir uns getroffen haben, ich liebe den
Schwarzwald auch und Ihr Schwarzwaldmädel würde ich mir na-
türlich auch gerne ansehen. Auch weil ich beruflich viel mit der
Bühne zu tun habe."

„Sind Sie Schauspieler oder Sänger?" „Nein, zu Glück keins von
beiden, mir fehlt das Talent. Ich bin Gürtler, ich fertige für das
Theater alles mögliche an, was aus Leder und Metall gemacht wird,
Gürtel, Hüte, Rüstungen, Sättel und vieles andere, was für den Zus-
chauer dann ganz anders aussieht."

Da Johanna dazu viele Fragen hatte, verlief der Abend mit einer
freundlichen Plauderei und anschließend begleitete André sie nach
Hause. Wieder etwas, was ihn von allen anderen Männern abhob,
er hatte wirklich Manieren.

Als Johanna sich am nächten Tag mit Sally beriet, hatte die zwar
auch keine Erklärung für die sonderbare Luftspiegelung, aber sie
nahm das auch nicht sehr ernst.

„Mensch, Johanna, jetzt hast du endlich einen netten Kerl kennengelernt. Mach es doch nicht mit solchen Spinnereien komplizierter. Genieße es einfach! Und schau nicht so zweifelnd.“

„Du hast ja recht“, stöhnte Johanna, „nur…“ „Nicht alle Männer sind Weltmeister im Seitensprung, wie dein Ex. Hat sich dein André gestern Abend für eine andere Frau interessiert? Nein! Schließlich hat er sogar mich links liegen lassen, er will nur dich. Vertrau mir, ich kenne mich aus. Und wenn du ganz sicher gehen willst, schau dir seine Hände an. Bei Männern, die treu sind, ist der Zeigefinger länger als der Ringfinger.“

Zwei Wochen später war Johannas Schwarzwaldmädel-Premiere grandios über die Bühne gegangen. Sie hatte die Partie des Bärbele so überzeugend gesungen, dass sogar die Zeitungskritiker ins Schwärmen gerieten, was sie garantiert sonst nie taten.

Am allermeisten strahlte André, der sie schon beim letzten Applaus in die Arme schloss und innig küsste.

Das brachte beiden einen zusätzlichen Beifall ein, den sie aber kaum wahrnahmen. „Du warst einfach wunderbar, das muss gefeiert werden.“ Inzwischen waren beide beim Du angelangt und auch der Kuss war nicht der erste.

Aber weiter waren sie bisher nicht gegangen, irgendetwas hielt sie zurück, den letzten Schritt zu gehen.

Trotz der rauschenden Feier der Theatertruppe, zogen sich die beiden in eine ruhige Ecke zurück, in der André eine kleine Überraschung ankündigte. „Wenn du möchtest, fahren wir am Wochenende in den Schwarzwald, nach Freudenstadt und Umgebung. Ich habe schon die Übernachtung gebucht, zwei Einzelzimmer, du kannst ganz beruhigt sein. Ich freue mich schon so sehr darauf, dir alles zeigen zu können."

Johanna war angenehm überrascht. André war wirklich vollkommen anders als ihr Ex. Jeder andere hätte doch die Gelegenheit genutzt, aber nicht André.

Auch neulich als er sie von der Probe abholen wollte und sich eine der Darstellerinnen etwas zu offenherzig an ihn heranmachen wollte, hatte er deutlich erklärt, dass er zu Johanna gehörte.

Nach so kurzer Zeit vertraute sie ihm mehr, als ihrem Ex nach einem Jahr. Den Fingertest hatte er natürlich auch bestanden. Und jetzt diese Reise in den Schwarzwald! Hatte sich vorher überhaupt einmal ein Mann Gedanken gemacht, was ihr gefiel? „Solange ich nicht meinen Bollenhut tragen muss, komme ich gerne mit dir in den Schwarzwald", scherzte sie.

Und so hatte sie es auch gemeint. Aber jetzt als sie Freudenstadt schon aus der Ferne sehen konnten, fühlte sie sich gar nicht gut. Waren das Beklemmungen, war das Angst? Aber andererseits auch

wieder ein Gefühl der Vertrautheit. „Wollen wir uns zuerst die Kirche ansehen oder…" André sah sie fragend an, als sie aus dem Auto stiegen.

Seine fürsorgliche Art tat ihr einfach gut und schon fühlte sie sich
besser. Die Kirche war an diesem Frühlingstag etwas kühl, aber
beeindruckend mit der gotischen Spitzdecke. „Es sieht aus, als hätte jemand ein großes Netz an die Decke gesponnen. Das gab es
früher nicht, aber…"
Überrascht unterbrach sie sich und schaute ihn irritiert an. „Das
kann ich doch gar nicht wissen, oder?" André lächelte nur, obwohl
er auch etwas beunruhigt war, schließlich hatte er doch eben das
Gleiche gedacht. „Ich glaube, das nennt man „Dejà-vu", wenn man
überzeugt ist, etwas bereits früher gesehen zu haben. Ich war zwar
schon oft im Schwarzwald, aber noch nie hier. Und du ebenfalls
nicht. Vielleicht haben wir es im Fernsehen oder im Internet mitbe-
kommen."

Johanna nickte und behielt ihre Zweifel für sich. Aber irgendetwas
stimmte hier nicht und sie würde es herausfinden.
Auf dem Marktplatz wäre sie beinahe wieder von ihrem Vorhaben
abgekommen, weil sie von solch intensiven Gefühlen übermannt
wurde, dass sie automatisch nach Andrès Hand griff. Er legte beruhigend den Arm um ihre Schulter, während sie nur noch flüstern
konnte.

„Hier hat es gebrannt, es war fürchterlich, ich konnte nicht zu dir…" André zog sie zur Seite, weg vom Markt und weg von den beängstigenden Erinnerungen, die er jetzt auch wahrnahm.
Ein Schmerz, als würde ihm das Liebste, was er besaß, entrissen.

„Wir sollten jetzt etwas Klarheit in das Geschehen bringen, ich nehme genauso furchtbare Dinge wahr wie du. Was ist hier ge-schehen? Du sagst, es habe gebrannt? In meinem Prospekt steht, es gibt einen Heimat- und Museumsverein, gleich dort drüben im Stadthaus. Die müssen doch etwas darüber wissen."
Und er zog sie mit sich zum Stadthaus mit den charakteristischen Bögen der früheren Tuchhallen.

Im Museum erwartete sie die nächste Überraschung. Die freundli-che Frau, die ein Schild als Frau Claudius auswies, empfing sie zunächst lächelnd, sah sie dann aber so erstaunt an, als ob sie nicht fassen könne, was sie vor sich sah.
„Wenn ich heute am Cäcilientag schon ein wenig mit einem Wun-der gerechnet hätte, aber damit garantiert nicht! Entschuldigung, Sie können ja gar nicht wissen, was mich so überrascht hat, aber das werden Sie gleich verstehen."
Sie führte Johanna und André in einen Nebenraum und zeigte auf ein größeres Gemälde. „Das ist unser legendäres Liebespaar, ver-mutlich im 17. Jahrhundert gemalt."

Und jetzt war es an den beiden überrascht zu schauen, das waren ja sie beide. Sicher in der Kleidung der Zeit, aber André oder sein Doppelgänger sah genauso aus, wie es Johanna als Luftspiegelung wahrgenommen hatte. Der Zopf, der dunkelblaue Gehrock, die rote Weste mit vielen Silberknöpfen und auch das Halstuch.

Auch André starrte auf das Bild, das er oft in seinen Träumen ge-sehen hatte. Seine Johanna in Schwarzwälder Tracht mit weißer Bluse, schwarzem Mieder und diesem kleinen Krönchen, auf das er gerade zeigte

„Siehst du, das hatte ich gemeint." Er konnte kaum sprechen, so bewegt war er. „Das ist eine Brautkrone", erklärte die freundliche Führerin.

„Das Paar hat an diesem Tag geheiratet und muss sehr glücklich gewesen sein. Das sagen ihre Blicke und auch die Vertrautheit. Sie sind unser berühmtestes Liebespaar, aber sie hatten leider ein tragi-sches Ende."

„Der Brand", flüsterte Johanna angstvoll.

„Ach, Sie haben schon davon gelesen. 1632 gab es ein großes Feuer, das vom Gasthaus „Zum güldenen Barben" ausging und in kürzester Zeit mehr als 140 Gebäude vernichtete. Und in einem befand sich die schöne Johanna mit den Veilchenaugen. Ihr Mann, leider wissen wir seinen Namen nicht, hat alles versucht, um sie zu retten und ist dabei selbst auch in den Flammen umgekommen.

Das muss echte Liebe gewesen sein", schloss die Museumsführerin etwas schwärmerisch.

„Aber wenn ich Sie beide so sehe, dann sind Sie ja wieder vereint."

„ Ja", bestätigte André und reichte Johanna seine Hand.

„Auf immer…" „Und ewig", setzte Johanna fort und schmiegte ihre Hand in seine. Er lächelte und zog sie leicht an sich.

„Das war jetzt ernst gemeint", betonte André, während er den antiken Ring seiner Großmutter aus der Tasche zog und Johanna fragend ansah.

„Das weiß ich", lächelte sie. „Ja, auf immer und ewig".

Und so fühlte sie es auch tief in ihrem Inneren, genauso war es richtig, sie waren endlich wieder vereint. Und nichts und niemand würde sie trennen. Das sagte ihr auch der innige Kuss von André, der sich erst von ihr trennte, als er ein leises Hüsteln vernahm.

„Das ist so schön, dass sollte für die Ewigkeit festgehalten werden", schwärmte Frau Claudius. „Dürfte ich Sie fotografieren? Nein, ich habe noch eine bessere Idee. Wir präsentieren Sie beide heute zu unserem Trachtenfest. Hätten Sie Lust dazu?"

Und so kam es, dass André in der bekannten historischer Tracht und Johanna mit der kleinen Brautkrone, der umjubelte Höhepunkt des Trachtenfestes wurden.

Das Liebespaar, das die Jahrhunderte überwunden und wieder zu-
sammengefunden hatte, übte einen besonderen Zauber auf die Zus-
chauer aus, als wären sie der Talisman für immerwährende Liebe.
Johanna war restlos glücklich. Sie konnte nicht mehr zählen, wie
oft sie mit André, aber auch den lokalen Größen getanzt hatte.
Jeder wollte das berühmte Liebespaar wenigstens einmal berühren,
um vielleicht auch etwas Glück für sich selbst zu gewinnen.

Irgendwann fuhren sie zu ihrem Hotel zurück und schon auf dem
Weg dorthin, lächelte Johanna verschwörerisch. „Es gibt so viele
Gäste in dieser Stadt, die eine Unterkunft brauchen. Wir sollten
ihnen ein Zimmer abgeben. Für uns genügt doch eins, für immer…" „Und ewig", ergänzte Andrè lächeln.

Die Nacht, in der Wunder geschahen

„Wie das schon wieder aussieht!" Svenja Hermlin schüttelte ihren
braunen Lockenkopf und ihre moosgrünen Augen blitzten.
Sie hatte gerade den S-Bahnhof verlassen und lief den Weg zu
ihrem Wohnblock. Vor dem Bahnhof sah es aus, als hätte eine
Gruppe Fünft-Klässler sämtliche Spickzettel fallen lassen.
Genervt bückte sich Svenja und las die Schnipsel auf, Der Wind
hatte deutlich zugenommen und würde sich bis zu Morgen zu einem richtigen Sturm auswachsen. Dann wäre das Papier auf allen
Flächen verteilt, also sammelte sie es lieber schnell ein.

Manchmal, dachte sie, ist man als ökologisch bewusster Mensch
einfach der Blödmann für alle. Sie räumte weg und hob alles auf,
was andere gedankenlos fallen ließen.
„Manche Menschen sind echte Umweltschweine", schimpfte sie
erbost, als sie einen illegal abgestellten Müllsack in der kleinen
Grünanlage sah.
„Wir wohnen doch hier nicht auf der Müllkippe!"
Auch wenn sie morgens durch den Park joggte, hatte sie immer
einen Beutel dabei, um Plastikdosen, Verpackungen und Flaschen
zu entsorgen. Und keiner macht wirklich etwas dagegen, dachte sie
wütend.
Als sie Mitglied bei den Grünen geworden war, hatte sie das aus

der Überzeugung heraus getan, jetzt endlich viele Mitstreiter für eine saubere, grüne Umwelt zu gewinnen. Aber das war leider Fehlanzeige!

Schon im Wahlkampf war es nur um den Platz auf irgendwelchen Listen und die Postenverteilung danach gegangen.

Svenja, die eigentlich gehofft hatte, Bäume zu pflanzen, Kindern die Natur und ihren Schutz näher zu bringen, war froh, wenigstens noch einige gute Freunde in der Gruppe zu haben, mit denen sie kleinere Projekte durchsetzen konnte, wie die Anlage von Windschutzstreifen mit großflächigen Hecken, die das Klima im Wohngebiet verbesserten und gleichzeitig Nistplätze für Singvögel boten.

Alle reden über Umweltschutz, aber wenn wirklich etwas geschehen soll, dann hört man nur Ausreden. Sie lächelte, als sie sich wieder bei ihren Lieblingsgedanken ertappte. Es müsste wirklich mal was Gravierendes passieren.

Svenja hatte in ihrem Kreisverband darüber berichtet, wie man es in Japans großen Städten geschafft hatte, dass Menschen ihren Abfall gar nicht erst irgendwo ausbreiteten, sondern selbstverständlich mit nach Hause nahmen und dort entsorgten.

Und bei uns sitzen die Leute auf einer Bank, neben einem Abfallkorb und lassen doch alles fallen. Natürlich wusste auch sie, dass mehr Abfallkörbe und regelmäßige Leerung auch geholfen hätten. Aber solange es Diskrepanzen zwischen den zuständigen Ämtern gab, war natürlich niemand verantwortlich.

Es würde viel wirksamer sein, hatte Svenja im Kreisverband argumentiert, den Abfall gleich zu vermeiden und Initiativen zu starten, die sowohl Kinder als auch Erwachsene mit einbezogen und deutlichere Forderungen an die Industrie und den Handel stellten.

Mit der Plastiktüte hatte es doch auch geklappt, warum sollte das nicht auch bei Kaffeebechern, Getränkedosen und ähnlichem gehen.

Aber leider, leider waren die Verantwortlichen in ihrem Kreisverband der Meinung, das wäre zu diktatorisch, so würde man nur alle vor den Kopf stoßen.

Svenja kickte wütend einen Stein von der Straße. Sie schlug ihren Kragen hoch, denn seit der Wind aufgefrischt hatte, war es wieder empfindlich kalt geworden. Der ersehnte Frühling schien noch sehr weit zu sein. Svenja ging schneller, in wenigen Minuten würde sie in ihrer kleinen, gemütlich warmen Wohnung sein.

Von der letzten Kurve aus betrachtete sie ihren Wohnblock fast liebevoll, sie wohnte gerne im Plattenbau. Er war erst vor kurzem vollkommen saniert und absolut energieeffizient ausgerüstet. Svenja reagierte höchst empfindlich, wenn in ihrer grünen Gruppe über die Platte gelästert wurde und dozierte dann sehr überzeugt.

„Wo können so viele Menschen wohnen, ohne zu viel Platz zu beanspruchen, der für Bäume, Hecken, Wiesen und Blumen viel besser geeignet ist?

Wo können so viele Wohnungen so effizient geheizt und mit Wasser versorgt werden, wie in der Platte?

Und wo können junge Eltern mit Kinderwagen, Behinderte mit Rollstühlen und Ältere mir Rollatoren ohne Schwierigkeiten wohnen?"

Sie wusste, dass sie manchmal übereifrig übers Ziel hinausschoss, aber es ärgerte sie einfach, wenn von großen Blocks in New York geschwärmt wurde und die gleiche Bauhausvariante hier, einfach verächtlich abgewertet wurde.

Als sie die selbsttätige Eingangstür öffnete, wurde ihr wieder einmal bewusst, dass es auch in ihrem Haus Mieter gab, die nicht zu schätzen wussten, was sie hatten.

Also sammelte Svenja auch Werbesendungen und Anzeigenblätter auf, die manche Mieter achtlos aus ihrem Briefkasten auf den Boten fallen ließen.

Bevor sich die Tür wieder schloss, wirbelte der Wind die Blätter noch einmal auf. Svenja schaute nach draußen, der Sturm heulte deutlich lauter. Gut, dass sie schon zu Hause war. Jetzt noch einen heißen Tee, ein Buch und den Lesesessel, das ist alles, was ich brauche, dachte sie im Fahrstuhl.

Bei so einem Sturm möchte ich nicht draußen sein müssen.
Sonderbar, dass sich jetzt zum Frühlingsanfang noch so etwas zu-
sammenbraute. War das so einer der Äquinoktialstürme, die es zu
den Tag- und Nachtgleichen gab? Sie erinnerte sich bei E.T.A.
Hoffmann darüber gelesen zu haben. In solchen Nächten konnten
sonderbare Dinge passieren, ja, es sollten sogar Wunder geschehen.

Nachdem sie ihr Buch ausgelesen hatte, noch einmal prüfend aus
dem Fenster schaute und an die Wunder dachte, fiel ihr ein, was
sie sich für eine solche Nacht wünschen könnte.
„Liebes Universum", deklamierte sie fast ein wenig theatralisch,
„wenn du ein Wunder übrig hättest, dann wünsche ich mir, dass
heute Nacht der Abfall, der auf den Straßen, den Wegen, den Grü-
nanlagen und auch in den Hauseingängen dieser Stadt liegt, zurück-
fliegt zum Verursache, zu dem, der ihn achtlos hat fallen lassen!"

Danach kontrollierte sie noch einmal die Fenster, an denen der
Sturm schon ziemlich rüttelte und ging kurze Zeit danach schlafen.
Morgen war Samstag, da musste sie nicht arbeiten und konnte genüsslich ausschlafen, dachte sie noch, während sie langsam weg-
dämmerte.

Leider wurde es nichts mit dem wohligen Ausschlafen, sie wachte
lange vor dem üblichen Weckerton auf, weil im Hausflur ein riesi-

ges Getöse und wüste Schimpfereien begannen. Schnell zog sie sich ihren Bademantel über und öffnete vorsichtig die Wohnungstür. Nichts! Oder doch?

Auf ihrem Fußabtreter mit den drei grünen Bäumen lag ein Bonbonpapier, von ihrer Lieblingssorte. Habe ich das gestern verloren, fragte sie sich gerade, als sich die Wohnungstür gegenüber öffnete und ihre Nachbarin Frau Böll einen mörderischen Schrei ausstieß.

Vor deren Tür hatte sich ein ansehnlicher Haufen aus Kaffeebechern, die Frau Böll jeden Morgen auf dem Weg zur Arbeit brauchte, angesammelt und dazu diverse Verpackungen von Geschäften und Fastfood-Läden, die Frau Böll gar nicht kannte, wie sie immer versicherte.

Nebenan öffnete Herr Wander verschlafen und schlecht gelaunt die Wohnungstür und giftete sofort los. „Wer hat denn hier seine Pizzakartons hingeworfen?" Seine mollige Frau schob sich hinter ihm aus dem Eingang. „Aber Schatz, das sind unsere Kartons von gestern, hier hatte ich die neue Telefonnummer von Müllers notiert. Du wolltest die Kartons doch gestern noch zur Wertstofftonne bringen." „Muss mir von der Fensterbank geflogen sein."

Herr Wander, dem das Ganze sichtlich peinlich war, verschwand schnell mit seinen Kartons im Fahrstuhl.

Gleich darauf kam Herr Feustel von unten und brüllte, während er an ihnen vorbeischoss. „Man müsste die Polizei einschalten, aber in den Nachbarhäusern ist es auch so. Nur draußen ist jetzt alles sauber."

Erst jetzt begann Svenja zu glauben, dass ihr Wunsch möglicherweise wirklich wahr geworden war. Das sollten sie und ihre Gruppe unbedingt für mehr Umweltbewusstsein nutzen. Schnell lief sie zurück in die Wohnung, schnappte ihr Handy, um vor den Türen zu fotografieren. Einige Mieter hatten offensichtlich ihre Hinterlassenschaften erkannt und waren eifrig dabei, alles schnell zu entsorgen.

Wieder in der Wohnung, rief sie den Verantwortlichen vom Kreisverband an. „Das müsst ihr sehen, hier sind tolle Sachen passiert…"
„Svenja", unterbrach sie der Mann vom Kreisverband. „Ich habe im Moment keine Zeit, irgend so ein Idiot hat die Einfahrt vor meinem Haus so voll gemüllt, dass ich erst Mal Ordnung schaffen muss. Aber du hattest recht, wir müssen auf diesem Gebiet wirklich mehr tun. Jetzt hast du meine Stimme für deinen Vorschlag."

Svenja gelang es, sich das Lachen zu verkneifen, bis sie aufgelegt hatte. Dann schaute sie dankbar nach oben und rief. „Vielen Dank, liebes Universum! Geht doch!"

Und in der gleichen Nacht geschahen auch an anderen Orten Wunder, die vielleicht gar nicht als solche erkannt wurden.

Der 17-jährige Severino Müller, selbsternannter „King of the Apple Ring", schlich sich mit vollgepacktem Rucksack durch eine kleine Grünanlage, um seine Sprayer-Gang zu treffen und endlich die Schande ihres Wohngebietes zu entfernen. Der Rucksack drückte schwer auf seinen mageren Rücken und obwohl er ständig irgendwelche Pulver einnahm, ließen sich seine Muskeln viel zu viel Zeit mit ihrem Wachstum. Natürlich wäre er in seiner Gang lieber der Größte und Stärkste gewesen, aber da das einfach nicht klappte, sah er sich lieber als den führenden Kopf, den Mann mit den richtigen Ideen.

Er hasste weiße Wände oder noch schlimmer, saubere Wände und er war der King!

Also hinterließ er seine Tags wie ein Hund, überall dort, wo er sein Revier markieren wollte. Über den künstlerischen Wert eines Tags machten er und seine Leute sich keine Gedanken. Hauptsache, groß und nicht zu übersehen.

Wie eine Kampfansage: Wir waren hier und wir entscheiden, was uns gefällt!

Am meisten hasste Severino Müller solche Weicheier von Graffiti-Sprayern, die kitschige Bilder produzierten, vor denen die Leute stehen blieben, um sie zu bewundern.

Nein! Da krümmten sich seine Fußnägel, trotz des Schmutzes darunter. Über Graffiti mussten sich die Leute aufregen, mussten sich ärgern und sich schließlich doch machtlos fühlen, weil nichts passierte, während er und seine Kumpels sich halbtot lachten.

Wie oft hatte er schon im Radio gehört, es sollte ein Gesetz erlassen werden, wegen Beschädigung von Privateigentum.

Beschädigung! Die Leute sollten froh sein, dass er ihren alten Hütten einen interessanten Touch verlieh. Aber davon abgesehen, bisher war er den Bullen immer entkommen, auch wenn es manchmal knapp gewesen war.

Und heute sowieso nicht. Wenn es stürmisch war, blieben die lieber in ihren Mannschaftsquartieren und warteten auf besseres Wetter, während echte Kerle, wie er und seine Gang endlich die Schande beseitigten.

An der rechten Seite des Marktplatzes stand ein großes Lagergebäude, dessen Brandmauer direkt zum Markt zeigte.

Bisher war das die ideale Stelle, um sich mit irre großen Tags bis unters Dach auszutoben.

Aber vor zwei Wochen hatte der Eigentümer die Wand hell streichen lassen und dann hatten zwei Warmduscher die ursprüngliche Häuserfront, die im Krieg wohl zerstört worden war, durch gesprayte Ansichten wieder hergestellt.

Jeden Tag standen dort begeisterte Menschen davor und schienen sich auch noch daran zu erfreuen. Eine blanke Provokation für den King of the Applering!

Aber das würde heute entschieden anders werden.

„Tod den Kitsch-Bildern!" raunte er seiner Gang zu, während er sie mit Getto-Faust begrüßte.

Jeder packte seine Spraydosen aus, zog den Mund-und Nasen-schutz nach oben und auf sein Kommando begann ein lustiges Sprayen, bei dem sie sogar auf ihre Tags verzichteten, um nicht gleich als Verursacher entdeckt zu werden.

„Okay, geschafft!" Severino Müller betrachtete selbstgefällig ihr Werk. In breiten Streifen liefen dunkle Farben über die helle Fas-sadenfront und verunstalteten sie völlig.

„So, Abmarsch, der Wind nimmt zu, das wird schnell trocknen, aber wir sollten jetzt aus der Gefahrenzone verschwinden."

Er hob die Faust und stimmte noch einmal ihren Schlachtruf an, in den alle einfielen. „Ich hasse weiße Wände!"

Plötzlich nahm der Wind orkanartig zu und während sie gerade noch voller Bewunderung vor ihrem „Werk" standen, löste sich die Farbe wieder von der Wand und klatschte ihnen ins Gesicht, in die Haare, auf die Hände und die Kleidung.

Das Mauerwerk stöhnte und ächzte, bis die gerade aufgeprayte Farbe entfernt war und es wieder in seiner vorherigen Schönheit mit der historischen Gebäudefront prangte.

Severino Müller sah sich um, seine Leute sahen so fürchterlich aus, wie er auch. „Habt ihr das gehört?" Connie, der kleinste von ihnen zitterte.

„Die Mauer hat gerufen: „Und ich hasse Dilettanten! - Ich spraye nie wieder! Nie wieder!"

Und ehe irgendeiner antworten konnte, war er verschwunden.

Die andern scharten sich um ihren „King", der gerade versuchte eine logische Erklärung dafür zu finden, als die Polizei ganz ohne Sirene um die Ecke kam.

„Na, wen haben wir denn da? Den selbsternannten King of Graffiti! Heute haben wir dich Freundchen."

Severino Müller, ganz die Unschuld in Person, schüttelte den Kopf.

„Ich habe doch gar nichts gemacht. Wie Sie sehen ist die Wand sauber."

„Ja, aber das Rathaus nicht und dort prangen alle Tags deiner Gang und Farbmuster haben wir ja auch genug, um dir das nachweisen zu können. Ich kenne einige Hausbesitzer, die sich sehr darüber freuen, wenn du die ihre Fassaden wieder saubermachen musst."

Und so konnte die kleine Stadt auch in Zukunft die hübschen Häuserfronten graffitifrei und ungestört bewundern.

Und es war etwas später, aber auch noch in der Nacht der Wunder, als der Langzeit-Arbeitslose Friedhelm von einer unheilbaren Arbeitswut überfallen wurde.

Lange vor dem Morgengrauen, schon um 5.00 Uhr sprang er förmlich aus seinem Bett. Sonst blieb er 46-jährige immer bis Mittag liegen, um sich dann träge und missgelaunt an den Mittagstisch seiner Mutter zu setzen.

Natürlich erwartete er pünktlich sein Essen und natürlich nach seinem Geschmack, um sich nach dem Essen erschöpft in seinen Sessel sinken zu lassen und gelangweilt im Internet zu surfen.

Seine Mutter Lisbeth hätte nicht mehr sagen können, wie lange sie auf Änderungen gewartet, wie oft sie um ein Einsehen gebetet hatte. Auch das zunehmend gereizter werdende Schimpfen mochte sie nicht mehr zählen.

Insgeheim wusste sie natürlich um ihren Anteil an der ganzen Entwicklung und manchmal gestand sie sich das auch ein. Sie hatte ihn viel zu lange verwöhnt, so lange, dass sie schon glaubte er würde ein ewiger Nesthocker bleiben. Aber dann traf ihn die Liebe, wie ein Blitz und Lisbeth dankte allen Heiligen, dass sie ihn endlich los war.

Anfangs ging alles gut, aber auf die Dauer war Friedhelm der quir-

ligen Carly einfach zu träge gewesen und nach einiger Zeit wurde
er von ihr einfach an die Luft gesetzt und Lisbeth hatte ihn wieder.
Jetzt hoffte sie nur noch auf ein Wunder.

Denn ein Wunder wäre nötig, damit sich ihr Sohn, der eigentlich
ein passabler Mechaniker war, endlich besinnen und Arbeit suchen
würde.

Stellen-Anzeigen hatte sie ihm schon oft auf den Tisch gelegt, sogar Bekannte und Verwandte eingespannt, aber Friedhelm gefiel es
einfach besser, nichts zu tun und seiner Mutter auf der Tasche zu
liegen. Bis zu diesem geheimnisvollen Morgen.

Von einem unbekannten und unerklärlichen Gefühl geweckt,
stürmte Friedhelm zunächst ins Bad und zog sich nach dem Duschen unaufgefordert frische Wäsche an.

Danach räumte er sein Zimmer auf. Zuerst zog er sein Bett ab und
schlug dann Schneisen durch das Gewühl von Unterhosen,
Strümpfen, T-Shirts, selten genutzten Sportschuhen, Zeitungen,
Pizzaschachteln und weiteren Hinterlassenschaften.

Dann brachte er die Wäsche zur Waschmaschine und schaltete sie
eigenhändig ein, obwohl er das in seinem ganzen Leben noch nie
getan hatte. Bis seine Mutter von den ungewohnten Geräuschen
erwacht war, hatte er das Papier gebündelt, die Pizzakartons entsorgt, den Boden gesaugt und sogar sein Bett frisch bezogen. Er
fühlte sich sogar innerlich gezwungen den Frühstückstisch zu de-

cken. Seine Mutter staunte Bauklötze und ihr blieb die Spucke weg, trotzdem weigerte sich aber immer noch, an etwas Dauerhaftes zu glauben.

Aber Friedhelms Arbeitsdrang hielt an. Nach dem Frühstück stürmte er an seinen Computer und hatte binnen einer Stunde zwei Vorstellungstermine vereinbart. Jetzt erst atmete Lisbeth auf und begann Hoffnung zu spüren. Und sie nahm sich vor, in ihrer Kirche eine besonders große Kerze anzuzünden, um der Jungfrau Maria für dieses Wunder zu danken.

So richtig konnte sie es immer noch nicht glauben. Selbst als Friedhelm mit einem Arbeitsvertrag zurückkam und ankündigte, sich eine eigene kleine Wohnung zu suchen. Ihre Augen wurden immer größer, als er sogar erklärte, nach dem Auszug das Zimmer zu malern und ihr beim Einrichten zu helfen.

Schon lange wünschte sich Lisbeth ein Zimmer, in dem sie sich mit ihren Handarbeiten und ihrem Strickclub von sieben Frauen ausbreiten konnte. Jetzt nachdem die Erfüllung ihrer sehnsüchtigsten Wünsche nahe schien, war selbst ihr das Tempo suspekt, in dem sich alles änderte.

Aber sie hielt sich tapfer zurück und ließ den Dingen staunend ihren Lauf.

Denn wenn schonWunder passieren, darf man sich zwar ausgiebig wundern, aber mehr auch nicht.

Und es geschahen noch andere Wunder in dieser Nacht, von denen nur wenige erfuhren, nur die, die in den denkwürdigen Augenblicken anwesend waren, zum Beispiel, als ein allseits bekannter Lokalpolitiker dreißig Minuten lang, die reine, unverfälschte Wahrheit sagte und seine Versprechen auch so meinte oder als hinter verschlossenen Türen der Manager eines großen Unternehmens, dem Vorstand vorschlug sein überzogen hohes Gehalt zu kürzen.

Überboten wurde das nur durch die kühne Entscheidung in einem anderen Industriezweig, ausscheidenden Managern keine Millionenabfindungen mehr zu zahlen, wenn sie eine Pleite zu verantworten hatten.
Aber der Clou des ganzen war die Nachricht, dass der Berliner Flughafen jetzt wirklich betriebsfertig sei.
Aber nein! Das wäre selbst von einem Wunder zu viel verlangt!

-Ende-

Von der Autorin sind im BoD-Verlag bereits erschienen:

- Der Club der kleinen Millionäre
  Coole Kids und der clevere Umgang mit Geld

- Die dicke Friederike
  Von Pfunden, Freundschaft und Hunden

- Immer wieder aufstehen!
  Kurzgeschichten zum Mutmachen

- Die Silver Girls
  65 – Na und!

- Das Monster im Schrank
  Wenn Kinder Angst haben